Marion Fischer

1956.1

Das Nie-Vergessen

Impressum

Bibliografische Information der Deutschen Nationalbibliothek:
Die Deutsche Nationalbibliothek verzeichnet diese Publikation in der Deutschen Nationalbibliografie; detaillierte bibliografische Daten sind im Internet über http://dnb.dnb.de abrufbar.

Herstellung und Verlag: BoD – Books on Demand, Norderstedt

ISBN: 978-3-7583-7296-4

Inhaltsverzeichnis

Danksagung

Ich danke ganz herzlich:

- Barbara Seifert für die Einführung ins Schreiben durch mehrere Schreibkurse und das Lektorat von Texten in der Schreibgruppe
- Bodo und Ulrike Kirchhoff dafür, dass ich an ihren Schreibkursen teilnehmen durfte
- Dr. Angela Schmidt-Bernhard für ihre Schreibkurse
- Dr. Hilke Roeder für ihr akribisches Korrigieren meiner Texte
- Nina Firl für die Unterstützung bei der Fertigstellung meines Buches
- Rainer Güllich für die Unterstützung bei der Herausgabe des Buches durch BoD

Und vielen, vielen anderen, die mich immer wieder geduldig bei meiner Suche nach den richtigen Worten begleitet und sich meine Geschichten angehört haben!

Vorwort

Als ich 2020 in die Rente ging, dachte ich, es sei an der Zeit, einmal einige meiner Geschichten, die ich im Laufe meines Lebens erlebt habe, aufzuschreiben.

Die Zeit hätte nicht passender sein können, denn als ich in Rente ging, begann die Corona-Isolation und damit die Möglichkeit, meine Konzentration voll auf das Schreiben zu richten.

Hier also ein erster Wurf von Geschichten aus der Zeit von vor meiner Geburt bis heute.

Bonbons
Deutschland, vor meiner Geburt

Meine Mutter ist schon immer ein Schlitzohr gewesen. Es fiel ihr stets etwas ein, um zu ihrem Recht zu kommen. Nichts, was ihren Mitmenschen geschadet hätte, nein. Ich kann nicht sagen, dass sie eine im üblichen Sinne emanzipierte Frau gewesen wäre. Sie hatte ihre eigenen Wege, zum Ziel zu kommen, ohne verbissen oder auch nur ernst zu werden, eher schien es ihr stets ein Späßchen zu sein.
Angefangen hat das wohl schon in ihrer Kindheit. So erzählte sie gern, wie sie zu Bonbons gekommen ist.
Als kleines Mädchen wurde sie oft allein zum Bäcker geschickt, um Brot zu kaufen. Der Bäcker hieß Bauerdick, zu ihrer Zeit war es noch der alte Bauerdick. Er backte und seine Frau war im Laden und verkaufte. Es gab nicht nur Brot dort, sondern auch ein kleines Angebot anderer Lebensmittel. So u. a. schon zu Kinderzeiten meiner Mutter, also noch vor dem Krieg, Bonbons, viele bunte, einzeln in großen Gläsern, die dort verlockend aufgereiht standen. Die gab es sogar noch, als ich selbst dort einkaufen gehen musste, beim Sohn vom alten Bauerdick in den 60ern.
Meine Mutter hatte bei ihren Einkäufen die Erlaubnis, für sich selbst ein einziges Bonbon zu

kaufen. Da sie aber schon immer Süßigkeiten über alles liebte, hatte sie einen Weg gefunden, zu mehr als einem Bonbon zu kommen. Sie könne sich einfach nicht entscheiden, sagte sie zur Bäckersfrau, sie könne sich nämlich nicht erinnern, wie welches Bonbon schmecke. Sie müsse unbedingt noch einmal verschiedene probieren. Die Bäckersfrau kannte sie schon und spielte das Spielchen mit. Das Ruthchen war ein nettes Mädchen, sie lächelte immer freundlich und hatte meist eine schöne weiße Schleife im Haar, was sie sehr wohlerzogen aussehen ließ. Sie reichte ihr also ein Bonbon nach dem anderen, die das Ruthchen mit großem Ernst und abwägenden Kopfneigungen lutschte, bis sie etwa fünf weggelutscht hatte und sie sich entscheiden musste, weil es doch sonst unverschämt gewesen wäre. Sie wollte es nicht übertreiben.

Ich nehme das rote, sagte sie also, die ganze herrliche Süße noch in den Backen.

Sehr gern, die Bäckersfrau packte ihr ein rotes Bonbon in ein Tütchen, reichte ihr das Brot und das Tütchen über den Tresen und nahm das abgezählte Geld entgegen. Meine Mutter bedankte und verabschiedete sich artig und ging zufrieden mit dem Einkauf nach Hause. In zwei Tagen, wenn sie ein neues Brot kaufen musste, würde das Spiel weitergehen.

Wie meine Mutter mir das Lügen austrieb
Deutschland, 1967

In meinem 11. Lebensjahr wurde ich meiner Kindheit abrupt entrissen. Von da an war es aus mit dem freien Leben in der Natur und den Abenteuern in Wäldern und auf Feldern mit den Jungs aus unserer Straße. Auch gab es keine Zeit mehr für meine bisherige Lektüre über Entdecker und Meuterer, Piraten und Freiheitskämpfer. Ich kam auf ein Mädchengymnasium, St. Ursula, das aussah wie eine Festung, mit hohen Mauern drum herum.

Eines Tages nun hatte meine Mutter mir aufgetragen, auf dem Rückweg nach dem Nachmittagsunterricht, das hieß zwei Stunden „Handarbeit", beim Bäcker vorbeizugehen und Gebäck mitzubringen, da eine Nachbarin zum Kaffee vorbeikommen wollte.

Der Handarbeitsunterricht war mir ein Graus, nicht nur, weil mich die kleinteilige Arbeit mehr als nervös machte – meine Finger fingen nach einer Weile sogar an zu zittern –, sondern auch weil ein harter Konkurrenzkampf zwischen meiner Handarbeitslehrerin und meiner Mutter über meinen Kopf hinweg tobte. Meine Mutter war Schneiderin und arbeitete akribisch genau und mit klaren Vorstellungen darüber, wie etwas gemacht werden musste. Ebenso meine Handarbeitslehrerin Fräulein Müller, ein sogenanntes altes Mädchen, das ihre ganze Leidenschaft in die richtige Erziehung von uns armen Dingern steckte.

Jedenfalls mochten sie sich nicht und so ribbelte und trennte ich auf, was das Zeug hielt, bis ich endlich gegen Bezahlung in Form von Schokolade meinen kleinen Bruder dafür einspannen konnte, die jeweils neue Version der Nadelarbeiten zu produzieren. An diesem Nachmittag war es besonders unangenehm gewesen, ich musste meinen himmelblauen, meiner Meinung nach gelungenen Topflappen wieder ganz aufribbeln und war einfach nur sauer!

So ging ich wütend und über Rachegedanken brütend geradewegs am Bäcker vorbei, meinen Auftrag völlig vergessend.

Als ich zu Hause ankam, erzählte ich erst einmal meiner Mutter, was dem Topflappen passiert war, woraufhin auch sie vor Wut tobte. Nachdem wir beide eine Weile geschimpft hatten, kam die Frage nach dem Kuchen.

Äh, der Bäcker hatte Inventur und geschlossen, log ich spontan, um nicht noch mehr Ärger zu haben. *Das ist aber dumm,* meinte meine Mutter. *Gleich kommt Frau Krautstein zu Besuch!*

Noch zu backen, war zu spät, es klingelte schon an der Tür. Frau Krautstein wurde hereingebeten, der Kaffee gekocht, für mich ein Kakao, und meine Mutter entschuldigte sich, dass es keinen Kuchen gab. Der Bäcker habe Inventur gehabt.

Frau Krautstein schaute sie erstaunt an und sagte, sie sei doch eben erst dort gewesen, da sei er aber schnell fertig geworden mit der Inventur. Autsch! Meine Mutter warf mir einen vernichtenden Blick zu, sagte aber nichts. Erst als der Besuch wieder gegangen war, kam das Verhör. So etwas! Die eigene Mutter anzulügen und so weiter und so weiter ... Sie war sehr ernst. Am Ende sprach sie gar so etwas wie einen Fluch gegen mich aus. Ich dürfe nie wieder lügen, wann immer ich lügen würde, ich würde erwischt werden. Das solle ich mir gut merken.

Ich habe es mir gemerkt. Ich habe fast nie gelogen in meinem Leben. Nur in äußersten Notfällen oder aus Höflichkeit. Bis heute fürchte ich ihren Fluch.

Schwester Romana
Deutschland, 1972

Auf dem Gymnasium St. Ursula hatten wir eine
Deutschlehrerin namens Schwester Romana.
Eigentlich kannte ich sie kaum, trotzdem habe
ich sie nie vergessen. Sie war von einem
unbestimmten mittleren Alter, relativ groß, breit
und sah eher aus wie ein Mann. Sie trug eine
Brille und Schwesterntracht. Auch an ihr
großflächiges Gesicht erinnere ich mich genau.
Was wir lesen mussten im Deutschunterricht, hat
mich ehrlich gesagt, nicht sonderlich interessiert.
Ich habe es oft nicht wirklich verstanden.
Günther Grass: *Katz und Maus* zum Beispiel.
Entweder war ich zu naiv oder habe nicht
zugehört oder die Bücher nur oberflächlich
gelesen.
Aber was Schwester Romana erzählte, das
interessierte mich! Sie kam aus Ostpreußen und
eröffnete mir eine mir bis dahin unbekannte Welt.
Eines Tages erzählte sie uns, warum sie ins
Kloster gegangen war. Ihr Verlobter war im Krieg
gefallen und sie hätte danach nie wieder einen
anderen Mann haben wollen. Ich fand das sehr
traurig und – wie soll ich es ausdrücken – öffnete
mein junges Herz für sie.
Ein anderes Mal brachten wir ihr zum Geburtstag
einen Piccolo mit. Sie freute sich und meinte,
wenn sie den nicht sofort austrinken würde,

müsste sie ihn mit allen anderen Schwestern teilen. So eine kleine Flasche! Wir bedrängten sie also, sie auszutrinken. Danach bekam sie rote Bäckchen und erzählte noch mehr.

Ich weiß noch, dass ich dann dachte, sie sei doch ein ganz normaler Mensch und nicht nur eine Nonne.

Irgendwann beschloss ich, wenn ich nur einen Menschen mit auf den Mond nehmen könnte, wenn ich dort leben müsste, würde ich sie mitnehmen. Sie würde mir so viel erzählen. Aber das habe ich bis zum heutigen Tag niemandem verraten.

Ugali
Kenia, 1976

Ich war zum ersten Mal in Afrika, genauer gesagt, in Kenia, in einem Dorf zwischen Mombasa und Malindi, aber etwas im Landesinneren, nicht am Meer.

Nachdem ich zwei Semester Swahili gelernt hatte, wollte ich es unbedingt ausprobieren, und zwar an Ort und Stelle und nicht in einem Konversationskurs an der Uni.

Bei Quäkern hatte ich ein Angebot gefunden, an einem Arbeitseinsatz in Kenia teilzunehmen. Zusammen mit kenianischer Bevölkerung sollte eine Schule gebaut werden. Eine neue neben der alten, die schon ziemlich ramponiert war.

Es war während der kenianischen Sommerferien, sodass die alte Schule nicht gebraucht wurde und wir, die deutschen Freiwilligen, dort schlafen und essen konnten.

Ich kam mir sehr nützlich vor in dieser Zeit, ich übersetzte vom Deutschen und Englischen ins Swahili und umgekehrt.

Und wir fabrizierten viele Lehmziegel für die neue Schule. Dazu stapften wir den Lehm in einer Art Kastenkuchenform.

Unser Essen wurde von den Frauen des Dorfes gekocht.

In dieser Zeit aß ich den ersten Ugali meines Lebens. Ugali, ein fester Brei, aus grobem

Getreidemehl und Wasser angerührt, ist in großen Teilen Afrikas das Grundnahrungsmittel. Das Getreide kann Mais, Hirse oder Sorghum sein oder der Brei kann auch aus Wurzeln hergestellt werden. Aus Maniok zum Beispiel. Der Brei wird immer mit einer Soße gegessen. Diese kann aus allen möglichen Zutaten bestehen, aus Blättern, Gemüse, Fisch, Fleisch oder in schlechten Zeiten auch schon einmal aus Wasser und Maggiwürfel. An jenem Abend füllte mir eine lachende runde Frau mit einem riesigen Löffel aus einem noch riesigeren Topf einen gewaltigen Haufen Ugali auf meinen Teller. Ich muss wohl erschrocken dreingeschaut haben, denn sie lachte sich nun kringelig und kippte mir eine Kalebasse voller Soße über den Brei.

Als alle versorgt waren, hieß es, zuzulangen. Jemand machte vor, wie wir essen sollten. Mit Daumen, Zeigefinger und Mittelfinger der rechten Hand sollten wir aus dem Brei Kügelchen formen, eine Delle darein drücken und die Soße damit auftunken. Nach einigen Versuchen und viel Gelächter seitens der Dorfbevölkerung über unsere Ungeschicktheit lief es einigermaßen. Ich verbrannte mir zwar die Finger, verkleckerte meine Kleidung, wurde aber satt. – Und zwar bevor nicht einmal ein Viertel meiner Portion aufgegessen war.

Was jetzt?

So viel liegen zu lassen, war bestimmt unhöflich ... man würde denken, es habe mir nicht geschmeckt, was nicht der Fall war.

Da sah ich in der offenen Schultür hinter mir einen völlig abgemagerten Hund sitzen.

Ps, ps, ps, machte ich so unauffällig wie möglich. Der Hund spitzte die Ohren und robbte sich im von Petroleumlampen spärlich erleuchteten Raum – Strom gab es nicht – näher an meinen Platz in der Schulbank heran.

Ich warf das erste Kügelchen statt in meinen Mund rechts an meinem Kopf vorbei hinter mich. Der Hund schlang es gierig hinunter. Dann warf ich das zweite und das dritte Kügelchen und so weiter.

Bald saßen drei Hunde hinter meiner Schulbank. Da hörte ich es wieder, das Lachen der runden Essensverteilerin! Sie hatte entdeckt, was ich tat, und rief mit lauter Stimme auf Swahili: *Schaut mal, wer noch Hunger hat, setze sich hinter Bibi Mvuwi* (mein Swahili-Name: „Frau Fischer"), *da gibt's anscheinend was!* Woraufhin das ganze Dorf vor Lachen brüllte ... und ich am liebsten vor Scham unter der Bank versunken wäre.

Ankommen
Burkina Faso, 1982/83

Als ich 1982 mit einem Stipendium für eine Forschungsarbeit nach Burkina Faso kam, damals hieß es noch Obervolta, war ich furchtbar enttäuscht. Die Hauptstadt Ouagadougou im März war heiß, staubig und eine platte Angelegenheit von vielen Flachdächern aller Größe und Art, ein hässliches schmutziges Dorf, das sich schier endlos in alle Richtungen erstreckte. Auch gab es kaum Farbe, alles schien mir staubbraun zu sein.

Meine Afrikaerfahrungen waren bisher spärlich gewesen, nur Kenia, dort war der Indische Ozean, viel Grün, Berge und Bäche. Und nicht solche Hitze! Wo war ich bloß gelandet? Worauf hatte ich mich da eingelassen? Der Temperaturunterschied von 65 Grad zwischen dem eiskalten Winter 81/82 in Marburg mit minus 20 Grad und Ouagadougou mit 45 Grad erschlug mich.

Ich durfte im Gästezimmer eines sich im Urlaub befindenden Deutschen wohnen. Wie ich das Haus überhaupt fand, weiß ich nicht mehr. Es gab sogar eine Klimaanlage darin, die aber so laut schepperte, dass ich sie ausstellen musste. Um keinen Kreislaufkollaps zu bekommen, legte ich mir nasse Handtücher auf den Kopf.

Am ersten Tag fragte ich mich, womit ich überhaupt anfangen sollte. Ich kannte niemanden. Ich ging ein paar Schritte zu einem kleinen Kiosk, kaufte Wasser und Baguette und kam schweißüberströmt zurück.

Am zweiten Tag schaute eine Nachbarin über die Mauer, neugierig, wer da angekommen war. Sie hörte wohl die Verzweiflung in meiner Stimme und meinte, sie habe Zeit, mir ein bisschen was zu zeigen. So wusste ich bald, wo der Supermarkt war, wo ich ein Fahrrad kaufen konnte, wo eine Anti-Moskito-Spirale und vieles mehr. Auch machte sie mich mit einer jungen Deutschen namens Martina bekannt, die dort mit einem Burkinabe lebte und mir ein Zimmer in ihrem Haus vermietete.

Nach und nach richtete ich mich in meinem so völlig anderen Leben ein und konnte auch mit meiner Forschungsarbeit beginnen.

Mit der zweiten Stipendienrate kaufte ich mir ein Moped, so kam ich weiter herum. Nach ein paar Wochen in Ouagadougou veränderte sich langsam mein Blick auf die Dinge.

Vor dem Kino, in welches ich manchmal ging, gab es Sauermilch mit Zimt und Zucker, die ich liebend gern aß. Die Milch war unglaublich sahnig.

Am Stausee im Norden der Stadt, der „barrage" gab es den besten Fisch vom Grill, den ich je gegessen habe. Ein Bekannter nahm mich auf seinem Motorrad mit dorthin. Man konnte sich den Fisch selbst aussuchen.

An einer anderen Stelle gab es Fleisch vom Grill zu kaufen, in Zementsackpapier. Im Sahel werden gegrillte Fleischstückchen bis heute in Zementsackpapier verkauft, die Säcke bestehen nämlich aus mehreren Schichten, darunter auch den mittleren, sauberen. Nach der ersten Skepsis wurde auch das zu einem meiner Lieblingsessen. Ich habe gelernt, dass das Fleisch umso besser schmeckte, je trockener das Futter der Tiere war. Neben dem Essen erkannte ich meinen Marktwert als blonde 25-Jährige. Alle jungen Männer wollten mir irgendetwas zeigen oder mich irgendwohin mitnehmen. So charmant waren die Jungs in Deutschland nicht gewesen. Manchmal musste ich zwar dann deutlich werden, aber das konnte ich bald ganz gut.

Schließlich begann die Regenzeit. In Ouagadougou wurde alles wie sauber gewaschen, auf den Feldern spross es aus dem Boden und schoss in die Höhe. Man konnte dem Wachsen fast zusehen. Nach einer Weile waren die Hirse und der Mais höher als ich groß war, und ich musste aufpassen, mich nicht zu verlaufen, wenn ich die kleinen Trampelpfade durch die Felder ging.

Im Dorf Linoghin an der Weißen Volta wohnte ich bei einem Bauern. Seine Frau wurde mir zur Ersatzmutter. Ich bekam die Hütte ihres Sohnes, der in Ouagadougou arbeitete. Morgens brauchte ich keinen Wecker, der Esel schrie und trat schon um 5 Uhr an meine Wellblechtür! Wenn ich auf dem Feld mithalf, lief meine „Mutter" mit meinem liegen gelassenen Strohhut hinter mir her, damit ich ihn trug und vor der Sonne geschützt war. Langsam wuchs ein ganzes Netz von „Umsorgern" um mich herum.

Als ich dann aus meinem Weihnachtsurlaub aus Deutschland zurückkam, holte mich Kuno, ein deutscher Experte, mit einem Pick Up vom Flughafen ab. Auf dem Weg zu meinem Häuschen atmete ich tief und fast gierig die durch die offenen Autofenster nach Holz- und Holzkohlefeuern riechende Luft ein.

Ich hatte das Gefühl, angekommen zu sein!

Tage in Diebougou

Burkina Faso, 1983

Es war am Ende der Regenzeit, Anfang Oktober 1983, in Diebougou, damals Obervolta, heute Burkina Faso. Das Land der Unbestechlichen, der Burkinabe.

Mit einem Mofa fuhr ich wochenlang durch die Dörfer und interviewte Bauernfamilien für meine Forschungsarbeit.

In Diebougou, einem zentralen Ort im Süden des Landes, durfte ich im Haus des nur zeitweise anwesenden deutschen Straßenbauingenieurs Kuno wohnen. Bzw. in einem der Zimmer des Hauses. Die anderen Zimmer waren verschlossen. Manchmal war mir ein bisschen unheimlich so allein in dem großen Haus am Rande der Stadt. Ziemlich dunkel. Mit einer Petroleumlampe, die ich immer mit mir herumtrug, ging ich in die Küche, in die Dusche und auf die Terrasse. Der Geruch von Petroleum verbreitete sich überall. Strom gab es nicht.

Eines Tages war ich auf einem Treffen der Bauernberater der Gegend gewesen. Einer von ihnen, Robert, hatte mich auf seinem Motorrad mitgenommen, da mein kleines Mofa am Ende der Regenzeit auf den völlig verschlammten Pisten oft stecken blieb. Nach der langen Sitzung bot Robert sich an, mich auch wieder mit zurückzunehmen. Ich nahm dankend an und setzte mich vertrauensvoll hinter ihn auf den Sitz der Yamaha.

Wir schlitterten und hoppelten durch den Matsch über die glitschigen Pisten. Ich musste mich an ihm festklammern, um nicht heruntergeschleudert zu werden. Endlich angekommen, stieg ich ab und bedankte mich herzlich.

Da meinte Robert, er müsse mir etwas sagen. Es sei ein ganz besonderer Tag heute. Heute Nacht würden die Geister der Toten zurückkehren und die Lebenden besuchen. Wenn ich Angst hätte, kein Problem, er könne mit zu mir hereinkommen und die Nacht mit mir verbringen und mich beschützen. Ich musste schmunzeln. *Ich habe keine Angst,* erwiderte ich und sah ihm offen in die Augen. *Geister gibt es doch nicht, ich jedenfalls glaube nicht daran.*

Das solle ich mir gut überlegen. Denn wenn ich das dächte, würden die Geister gerade kommen und mich überzeugen wollen, dass es sie gäbe. Er schaute mich nun streng an.

Das werde ich ja dann sehen, gute Nacht! erwiderte ich mit fester Stimme, ließ den Enttäuschten stehen und ging ins Haus. Nach einer Katzenwäsche begab ich mich mit der Taschenlampe auf mein Zimmer, schloss die Zimmertür von innen ab und legte mich ins Bett. Ich muss gestehen, es wurde eine der schlimmsten Nächte meines Lebens. Es raschelte nämlich ohne Unterlass irgendwo im Haus. Und im dichten Dunkel gab es keinen gedanklichen Ausweg für mich: Glaubte ich an Geister, waren sie es, die da raschelten. Glaubte ich nicht an Geister, würden sie erst recht kommen und mich überzeugen. Dass es nur die Mäuse und Ratten sein könnten, schien mir in dieser Nacht gänzlich unwahrscheinlich.

Alle fünf Minuten leuchtete ich mit der Taschenlampe das ganze Zimmer aus.

Am Morgen war ich völlig gerädert. Hätte ich mich doch beschützen lassen sollen?

Ambroise
Burkina Faso, 1983

Marion, ich heiße Josephine. Sie trat ein und zog
die Tür hinter sich zu. Ich hatte auf ihr Klopfen
nicht geantwortet. Ich war vertieft in das Papier,
das vor mir lag. *Guten Morgen,* sagte ich und hob
den Blick von der Seite, die ich gerade las.
*Guten Morgen! Ich komme in einer etwas
ungewöhnlichen Angelegenheit.*
Ja? Nehmen Sie doch Platz! Ich wies auf einen
Stuhl, der vor meinem Schreibtisch stand. Ich
hatte sie schon mal gesehen. Sie war eine
Mitarbeiterin der Umsiedlungsorganisation von
Bauern in Burkina Faso, über die ich forschte.
*Es ist mir etwas unangenehm, Sie anzusprechen.
Es geht um Ambroise K., den Arzt. Sie kennen ihn
doch auch, richtig?*
Ich versuchte, nicht rot zu werden. Eine kurze,
aber heftige Affäre hatte mich mit Ambroise
verbunden. Er war Militärarzt und hatte private
Patienten, von denen auch ich eine war. Bei der
Gelegenheit waren wir uns nähergekommen. Ich
war sehr verknallt in ihn gewesen. Er war total
verrückt. Nach dem letzten Staatsstreich hatte er
mich nachts im Auto mit durch Ouagadougou
genommen. Durch die wegen der Ausgangssperre
menschenleere Stadt. Mit den Sandbarrikaden,
dahinter Soldaten mit Kalaschnikows. Er durfte
mit seinem mit dem Äskulapstab

gekennzeichneten Auto herumfahren. Ich war 25 und fand das alles wahnsinnig spannend. Auch ihn natürlich. Er war ein bisschen älter, kam von der Militärakademie in Bordeaux und war eigentlich zum Kinderarzt ausgebildet. Wie ein Revolutionär sah er aus, mit schief sitzendem Barett.

Worum geht es, fragte ich in möglichst teilnahmslosen Ton.

Sie haben ihn eingesperrt. Er hat es zu weit getrieben mit seiner Kritik an der neuen Regierung. Er sitzt im Militärgefängnis. Ich habe gehört, sie sind nicht gerade zimperlich mit ihren politischen Gefangenen … es gibt Spuren in seinem Gesicht, hat man mir berichtet.

Mir wurde abwechselnd heiß und kalt.

Das ist ja schrecklich, ich hab das gar nicht mitbekommen, sagte ich.

Ist noch nicht lange her, erst ein paar Tage.

Kann man denn gar nichts machen?

Doch, meinte Josephine, *aber ich weiß nicht, was du dazu meinst …*

Wozu denn?

Fatou, Marie und ich wollen ihn befreien, sagte sie. *Machst du mit?*

Wie soll das denn gehen?

Wir haben einen Marabout kontaktiert. Er hat uns gesagt, wir müssen eine schwarze Ziege opfern. Bei Vollmond. Dann würde er freikommen.

Übermorgen ist Vollmond.

Ich wusste nicht recht, was ich davon halten sollte. Aber was sonst würde ich für ihn tun können? Warum sollte ich mich nicht anschließen? Bestimmt waren auch diese drei seine „Patientinnen" gewesen. All seine Verehrerinnen gemeinsam für seine Befreiung! Ich musste innerlich grinsen.

Gut, sagte ich, *ich mach mit!*

Josephine lächelte erfreut. Eine Weiße zu fragen, hatte sie sicher Überwindung gekostet. Ich gab ihr 5000 FCFA. Sie sollte die Ziege kaufen. Wir verabredeten uns für den übernächsten Tag, zum Aufgang des Mondes beim Marabout am Stadtrand hinter einem kleinen Markt.

Josephine kam mit dem Motorrad. Auf dem Gepäckträger eine Ziege mit zusammengebundenen Beinen in einem kleinen Holzgestell. Bald tauchten auch Fatou und Marie auf. Wir betraten den Hof des Marabouts und setzten uns auf sein Geheiß hin auf eine Bastmatte auf den Boden. Josephine und Marie sprachen auf Moré, einer lokalen Sprache, kurz mit dem Marabout. Der nahm daraufhin die blökende Ziege, murmelte auf Moré ein paar Worte und schnitt ihr die Kehle durch. Das Blut quoll aus dem Schnitt und floss in den Sand. Nach einem letzten Zucken fiel die Ziege vor seine Füße.

Morgen wird er frei gelassen, sagte der Marabout zu uns auf Französisch.

Richtig glauben konnte ich es nicht, aber ich war gespannt, hatte ich in Burkina Faso doch schon einiges Seltsame erlebt. Wir verabschiedeten uns, und ich fuhr nachdenklich nach Haus. Ich konnte lange nicht einschlafen und wälzte mich schwitzend auf meiner Matratze hin und her. Ich dachte an Ambroise, an seine Ideen zur Zukunft des Landes und an all die anderen wilden Geschichten, die er mir erzählt hatte, und hoffte auf ein Wunder.

Am nächsten Morgen fuhr ich wie immer ins Büro. Josephine stand schon vor meiner Tür, strahlend. Sie schubste mich herein und fiel mir um den Hals. *Er ist frei,* rief sie voller Begeisterung. Verblüfft und erleichtert erwiderte ich ihre Umarmung. *Wo ist er?* fragte ich.

Mein Cousin hat mich informiert: Er musste das Land sofort verlassen. Man hat ihn mit einem Militärfahrzeug zum Flughafen gebracht. Er sitzt schon im Flieger nach Paris.

Ich habe ihn nie wieder gesehen. Später hörte ich, er lebe in Guadeloupe. Seine Frau sei von dort.

Der Pass
Niger, 1985

Wenn man die deutsche Staatsangehörigkeit hat, ist es weltweit geregelt und möglich, seinen Pass zu verlängern. Eine Selbstverständlichkeit, so schien es mir lange. So lange, bis ich begann, mit meinem tschadischen Partner Adams zu reisen. Als wir im Niger lebten, lief sein Pass ab. Ich hatte es nicht gewusst, bis er wie nebenbei erwähnte, sein Pass sei nur noch einen Monat gültig.

Was? Nur noch einen Monat? Wo kannst Du ihn verlängern lassen? fragte ich.

Das wird nicht so einfach sein, meinte er und runzelte die Stirn. *Du weißt, die politischen Verhältnisse bei uns sind nicht so klar. Im Norden kontrolliert Goukouni Weddeye das Land, im Süden Habre. Von Habres Seite bekomme ich mit Sicherheit den Pass nicht verlängert, weil ich in der Sowjetunion studiert habe. Von Goukounis schon eher. Aber die haben kaum Auslandsvertretungen, Botschaften schon gar nicht. Fast niemand erkennt sie an.*

Dann fahr doch in den Tschad, da kannst du ganz einfach sogar mit dem Bus hinfahren!

Wenn ich einreise, nehmen mich Habres Leute an der Grenze fest. Im besten Fall nimmt man mir den Pass ab und ich komme nicht mehr raus. Ich muss den Pass in einem sozialistischen Land verlängern lassen. Da sitzen Goukounis GUNT-Vertretungen (Gouvernement d'Union Nationale de Transition).

Eine GUNT-Botschaft gibt es im Umkreis vom Niger nur in Algerien.

Natürlich weiß ich nicht, ob der GUNT mir den Pass verlängern wird, ich bin aus dem Guera, aus der Mitte des Landes, wir gehören weder zu den von Libyen noch zu den von Frankreich Unterstützten. Wir gehören zu niemandem außer zu uns selbst.

Ich weiß nicht mehr, wie ich mich damals gefühlt habe. Ob ich den Ernst der Situation erkannt habe. Ob ich glaubte, in einem anderen Film zu sein. Ob ich dachte, es würde schon werden. Ob ich es als großes Abenteuer ansah. Ich habe es völlig verdrängt.

Um eine schnelle Lösung bemüht – ich war oft ziemlich pragmatisch drauf – schlug ich vor, so bald wie möglich ins Nachbarland Benin zu fahren, das damals sozialistisch war. Falls es da nicht klappen würde, würde er oder auch wir – vielleicht würde er den Schutz einer „offiziellen" Deutschen brauchen können – nach Algerien fliegen müssen.

Ich nahm ein paar Tage „Urlaub" und sagte, wir würden „ans Meer" fahren. Ich wollte den wohlsortierten Deutschen so eine Geschichte gar nicht erzählen. Hinterher könnte man davon berichten und darüber lachen, als sei es ein Abenteuer gewesen. Adams, der im Niger im Krankenhaus als Arzt arbeitete, sagte dort Bescheid, dass er eine Weile wegfahren müsse. Etwas erledigen.

Mit unserem R4 machten wir uns auf den Weg.
Die Straße war von großen Löchern überzogen.
Heftige Regenfälle hatten nach und nach den
Belag angefressen, sodass sich manchmal nur
noch kleine Teerstückchen verstreut
aneinanderreihten. Hoch mit Baumwolle und
anderen Gütern völlig überladene Lastwagen
besorgten nach den Regenfällen den Rest. Unser
kleines Auto holperte mit Mühe die mehr als 1000
Kilometer bis Cotonou.
Dort suchten wir uns ein Hotel. Es war schwül-
heiß, ganz anders als im trockenen Niger. Und
laut und bunt. Trotz der Müdigkeit von der Reise
schliefen wir sehr schlecht. Im Zimmer war es
stickig und wir hörten die Moskitos summen. Wir
schwitzten und wälzten uns unruhig hin und her.
Nach einigen Tassen Nescafé am nächsten
Morgen machten wir uns auf die Suche nach der
GUNT-Vertretung. Adams brachte irgendwie in
Erfahrung, in welchem Viertel sie sich befand. Wir
fuhren mit einem Taxi hin, der Taxifahrer wusste
in etwa, wohin er fahren sollte. Es war ein
peripherer Stadtteil, ärmlich und schmutzig, es
gab dort keine Teerstraßen mehr, nur
Lehmpisten. Überall hockten magere Gestalten in
langen, ehemals weiß gewesenen Gewändern.
Tschadische Flüchtlinge, die hier gestrandet
waren. Langsam wurde mir der Ernst der Lage
klar, mir wurde mulmig zumute.

Aber Adams schien zuversichtlicher zu werden. Oder wollte er mich beruhigen? Zumindest gab es eine GUNT-Vertretung.

Als das Taxi vor der Vertretung hielt, meinte Adams, ich solle lieber draußen warten, sonst würde, da ich weiß sei, der Preis für die Passverlängerung gewaltig ansteigen. Das sah ich ein, blieb also auf einem Mäuerchen im Schatten gegenüber dem GUNT-Gebäude sitzen. Ich richtete mich auf eine längere Wartezeit ein. Die tschadischen Flüchtlinge, die um mich herum hockten, sahen mich neugierig und misstrauisch an. Ich sah wohl eher aus wie eine von Habres Seite, wie eine Französin, also fehl am Platze. Oder sah ich aus wie eine Russin? Hoffentlich würde es nicht allzu lange dauern. Mir war unbehaglich. Niemand sprach mich an.

Nach etwas mehr als einer Stunde kam Adams heraus.

Er kam lächelnd auf mich zu und nickte.

Sie haben ihn verlängert, flüsterte er.

Wir verließen den Platz und gingen eine Straße weiter in ein kleines Restaurant. Adams zeigte mir den Stempel. *Ambassade GUNT Algerie* (Botschaft des GUNT in Algerien) stand darauf. Sie hatten einfach einen Stempel der Botschaft aus Algerien nachmachen lassen. – Ob die Welt das als Verlängerung seines Passes anerkennen würde? Er hatte weder Ein- und Ausreisestempel noch ein Visum für Algerien in seinem Pass. Wie sollte

er dort bei der Botschaft vorstellig geworden sein?
Ich erinnere mich, wie skeptisch ich war und
Angst vor dem hatte, was noch kommen würde.
Aber Adams meinte, alles wäre wunderbar. Wer
wüsste schon so genau, wie das eigentlich laufen
sollte. Wir müssten das feiern. Wir gingen am
Abend chinesisch essen, das mochten wir beide
sehr gern. Adams aß Froschschenkel, sein
chinesisches Lieblingsgericht.
Einige Tage später fuhren wir mit dem Pass
zurück in den Niger, wir hatten keine Wahl. An
der Grenze schaute niemand anders drauf als
sonst. Bei ihm länger, bei mir kurz. Wir kamen
durch, der erste Test war bestanden!
Später reiste Adams mit diesem Pass auch nach
Deutschland. Es gab keine Probleme bzw. nur die
üblichen, die man mit einem tschadischen Pass
eben hat.

Der Schleier
Niger, 1985

Mir war schon klar, dass Adams, wenn auch laut
seinem jüngeren Bruder aus einer Sultansfamilie,
so doch aus einer armen Familie stammte. Bzw.
aus einer verarmten. Nach der Dürre der 70er-
Jahre im Sahel hatten sie nichts mehr.
Die Anfänge der Dürre bekam ich, als
Jugendliche an Windpocken erkrankt, fiebrig im
Bett mit dem Radio auf dem Nachttischchen, mit.
Wenn ich krank war, durfte ich mir immer etwas
Besonderes zu essen wünschen und so saß ich im
Bett, mit dicken Kissen im Rücken, und aß
Pfirsiche aus der Dose. Zuerst genüsslich, aber
als der Bericht im Radio immer eindringlicher die
Dürre und deren Auswirkungen beschrieb,
blieben mir die Pfirsiche, obwohl sie weich und
glitschig waren, beinahe im Halse stecken, ich
stellte das Schüsselchen auf den Nachttisch und
lauschte weiter. Der Radio-Bericht war
dramatisch.
Vom Tschad sprach man nicht, später aber hörte
ich von Adams, wie es bei ihm zu Hause gewesen
war. Im Tschad kamen zusätzlich zur Dürre noch
kriegerische Auseinandersetzungen hinzu.
Abertausende von Familien mussten fliehen, von
Trockenheit zerrissene Böden hinter sich lassend,
vor marodierenden Truppen, betteln gehen oder
irgendeinen Job suchen, um nicht zu verhungern.

Adams' Familie ging es ebenso. Irgendwann gab es keinen Tropfen Wasser mehr, auch wenn die Mutter die ganze Nacht am Brunnen verbrachte. Ich denke, dass ich im Niger zwar rational erfasst habe, was das hieß, waren dort doch die Tuareg vor der Dürre geflohen und bettelten überall in der Stadt. Auch in Flüchtlingslagern bin ich gewesen, aber was es für die eigene Familie hieß, das habe ich wohl bis heute nicht wirklich begriffen. Ich konnte immer weg vom Elend, im Niger in mein Haus mit den Ikea-Möbeln meiner Vorgänger, der Köchin Fatou und dem Nachtwächter Lankonde, das Elend von dort aus mit klimatisiertem Kopf betrachten und analysieren. Ich musste mein Kind nie hungern sehen. Wenn es hart auf hart kam, wurden wir „evakuiert", wie ich zum Beispiel, als ich im Niger Hepatitis hatte.

Auch als ich Mitte der 80er-Jahre mit Adams im Niger war, tobte im Tschad der Bürgerkrieg. Adams bekam Briefe und hörte französischsprachige Nachrichten.

Ich muss etwas an meine Familie schicken, sie haben gar nichts mehr, sagte er eines Tages.

Das machen wir! Ich wollte gerne etwas für seine Familie tun.

Am nächsten Tag fuhr ich nach der Arbeit zum Markt, um etwas Schönes für Adams' Mutter zu kaufen. Es sollte etwas sein, was sie gut gebrauchen könnte und was zusätzlich besonders schön wäre. Und leicht genug für ein Päckchen. Als ich so über den Markt schlenderte und mir den Kopf zerbrach, sah ich wunderschöne zarte Schleier und dachte, solch ein Schleier wäre ein ideales Geschenk. Ich sah mir Dutzende an und entschied mich endlich für einen sehr feinen weißen mit rosafarbenen Spitzenrändern. Der würde ihr mit Sicherheit gefallen. Stolz ging ich mit meiner Errungenschaft zum Auto und fuhr nach Hause. Adams war schon da und las die Zeitschrift *Jeune Afrique* auf der Terrasse.

Ich habe etwas so Schönes für Deine Mutter gefunden! Ich strahlte ihn an und zog die knisternde Cellophantüte aus meiner Tasche. Ich nahm den Schleier heraus, hielt ihn auseinandergefaltet vor mich, schaute Adams gespannt an und erwartete einen bewundernden Ausruf.

Was soll das? kam stattdessen erzürnt.

Ein Schleier, es war der Schönste, den ich gesehen habe!

Was für ein Unsinn! Das ist etwas für reiche Frauen, sie wird ihn sofort verkaufen und Essen dafür kaufen!

Ich wusste nicht, was ich sagen sollte, ich schämte mich, weil ich so blöd gewesen war.

Wir können ihnen ja zusätzlich Geld schicken! erwiderte ich schließlich kleinlaut.

Der Schleier bleibt hier, ich gehe morgen zur Post und überweise ihnen Geld, sagte Adams.

Das Abendessen verlief schweigend, ich fühlte mich wie eine dumme Göre. Nix kapiert. Gute Absichten, aber nix kapiert.

Der Schleier lag so lange im Kleiderschrank ganz oben, bis Adams den Niger früher verließ als ich. Dann ließ ich mir einen Rock daraus nähen.

Essen

Niger, 1985

Im Niger machten wir in unserem damaligen
Projekt der deutschen
Entwicklungszusammenarbeit zur Verbreitung
der holzsparenden Herde Werbung aller Art.
Die Herde funktionierten wirklich, sie brauchten
erheblich weniger des immer rarer und teurer
werdenden Holzes. Und die Zeit der
Wiederaufforstungen des Sahels war vorbei. Die
kleinen Bäumchen waren immer eingegangen,
weil sie natürlich nicht gewässert wurden.
Als eine Hauptaktivität unseres Projektes gab es
die vergleichenden Kochdemonstrationen, der
traditionelle Herd im Wettbewerb mit dem neuen,
von der deutschen Entwicklungszusammenarbeit
angepriesenem Modell. Diese
Kochdemonstrationen wurden von uns in allen 45
Stadtteilen von Niamey organisiert und fanden
enormen Zuspruch, bestimmt auch, weil es am
Ende immer etwas Gutes zu essen gab.
Meist aßen wir nach den Demonstrationen das
gekochte Essen gemeinsam mit den Frauen des
Viertels und schwatzten. Aber wenn es sehr spät
war, nahmen wir Projektmitarbeiterinnen, die
großen Schüsseln auf dem Boden des VW-Busses
gestellt, einen Teil des Essens mit in den Hof
unseres Büros, um es dort zu essen und auch

dem Wächter und dem Putzmann etwas
abzugeben.

Wenn wir im Hof des Büros aßen, luden wir auch
meinen Partner Adams dazu ein, der um diese
Zeit hungrig von seiner Arbeit aus dem
Krankenhaus kam. Die nigrischen Mitarbeiter, v.
a. die Mitarbeiterinnen mochten Adams sehr gern,
weil er unterhaltsam war und immer Witze
machte.

Ich erinnere mich sehr gut, dass eines Tages, als
er mit meinen Mitarbeiterinnen Salamatou, Fati,
Muskura und mir um die große Schüssel herum
saß, aus der wir zusammen mit den Händen
aßen, Muskura, unsere Älteste loslegte: *Adams,
weißt du eigentlich, dass du nicht mit den Frauen
essen darfst? Ein Mann muss mit den Männern
essen! Hast du gar keine Manieren? Ist das im
Tschad und in Deutschland etwa nicht so? Tststs!*
Sie schnalzte missbilligend mit der Zunge und
sah ihn streng an. Es war natürlich als Witz
gemeint, sie konnte so etwas nicht im Ernst zum
„Docteur" und Mann ihrer Chefin sagen.
Aufgrund ihres Alters war es aber möglich,
darüber einen Witz zu machen.

Adams grinste.

Muskura, du hast recht, das ist wahr, Wallahi (bei
Allah)*! Wegen meiner Frau benehme ich mich auch
schon so schlecht wie die Weißen! Tststs! Ich
werde mich bessern! Aber zuerst muss ich euch
eine Geschichte erzählen!*

Schaut, trotz der langjährigen Dürre im Sahel bin ich nicht so dünn, wie ihr seht. Ich hatte nämlich einen Trick, als ich so etwa 10 Jahre alt war. Ich war noch ziemlich klein mit 10.

*Wenn es Essen gab, rannte ich zusammen mit den kleinen Geschwistern schnell zur Schüssel der Kinder und Frauen und aß möglichst unauffällig und möglichst schnell so viel ich konnte. Dann verabschiedete ich mich und ging statt zum Händewaschen zu den Männern, die im Schatten eines Strohdaches vor der Hütte meines Vaters um **ihre** Schüssel saßen. Normalerweise waren sie etwas später dort, weil sie vom Feld kamen. Ich blies mich auf dem Wege dahin ordentlich auf und machte mich so groß wie möglich, um klarzustellen, dass ich schon zu den Männern gehörte. Auch ging ich langsam und würdigen Schrittes, wie es sich für einen Mann gehört. Die Männer haben mich nie weggeschickt. So aß ich dort also ein zweites Mal und wurde ein gut genährtes Kind.*

Obwohl das fast 40 Jahre her ist, sehe ich Muskura noch heute amüsiert schmunzelnd vor mir.

Wenn du uns jedes Mal eine Geschichte erzählst, darfst du weiter mit uns Frauen essen, sagte sie und warf mir einen wohlwollenden Blick zu. Ihrer Meinung nach hatte ich mir einen großartigen Mann geangelt.

Irgendwann machte sie mir das noch deutlicher. Sie nahm mich im Hof des Büros beiseite und meinte mit eindringlicher Stimme, ich müsse unbedingt lernen, diesen Mann nach allen Regeln der Kunst zu fesseln. Die Frauen im Niger würden, wenn sie ihren bzw. einen Mann erwarteten, wohlriechende Kräuter und Holzsplitter in einem kleinen nach einem Stövchen aussehenden Tontöpfchen verbrennen und das Töpfchen dabei unter ihre Gewänder stellen, sodass der ganze Körper dann in Duft gehüllt würde. Ob mir klar sei, was sie sagen wolle?

Ich habe bestimmt einen roten Kopf bekommen. Es war mir klar.

Ein weiterer Tipp war, eine Perlenkette mit sehr kleinen Perlen um die Taille zu legen, die auf die Hüften rutschen sollte.

Ich nahm mir Muskuras Ratschläge zu Herzen. Zwar verbrannte ich keine Kräuter unter meinem Rock, da dieser nicht bodenlang und damit nicht die richtige Art von Gewand war, schaffte mir aber eine Perlenkette an, die ich trug, bis sie zerriss.

Der Ausflug
Guinea, 1993

Als mein Sohn David vier Jahre alt war, bekam
ich wieder eine „richtige Arbeit". Ich war sehr
erleichtert.
Ich hatte lange versucht, wieder in die
Entwicklungszusammenarbeit zu kommen.
Endlich war es so weit. Ich sollte in einem Projekt
für Ländliche Regionalentwicklung arbeiten, im
Landesinneren von Guinea in einer Stadt namens
Kissidougou. Kissidougou lag eine lange
Tagesreise von der Hauptstadt Conakry entfernt
am Ende der Welt.
Eigentlich war es dafür ganz in Ordnung. Ich
hatte nette Kollegen, ein großes Haus mit einem
Garten drum herum, in dem wir viele
verschiedene Tiere hielten, und in dem ich für
David und ein paar andere Kinder eine Schule
eröffnete.
Das Projekt war nicht weit weg, ich bekam einen
nagelneuen Mercedes-Geländewagen als
Dienstfahrzeug und mein Vorgesetzter Otto war
für alle meine Ideen aufgeschlossen.
David und die anderen Kinder, deren
Muttersprachen Kissi und Malinke waren, lernten
schnell Französisch und spielten den ganzen Tag
miteinander, wenn die Schule aus war.

Da es wenig europäische Lebensmittel in Kissidougou gab, durften wir von Zeit zu Zeit eine „Versorgungsfahrt" in die Hauptstadt machen. Am Anfang dachte ich, ich würde das gern tun und dort auch gerne mal etwas bleiben, aber die Fahrt war sehr lang und ich kannte kaum jemanden in Conakry. So wurde Kissidougou bald zu unserem Zuhause.

Aber ab und zu fuhren wir doch nach Conakry. Meistens übernachteten wir im Novotel direkt am Meer, manchmal aber auch in der Katholischen Mission, eine Art Kloster, das auch Übernachtungsmöglichkeiten für Gäste anbot. Unsere Vergnügungen waren das Frühstücksbuffet, das Schwimmen im Hotelpool, das Essen von Pizza in der Stadt. Später ging ich manchmal mit einem Kollegen der KfW aus, Jochen.

Dann blieb Moussou, das Kindermädchen mit David zum Abendessen im Novotel. David aß Fischsuppe und Eis und durfte auch mal mittrommeln bei der Restaurant-Band. Ich hatte den Eindruck, er mochte es, mit Moussou dort zu Abend zu essen.

Eines Tages machte ich mit David einen Spaziergang am felsigen Strand.

Schau mal, da ist ein Leuchtturm, gar nicht so weit weg. Wollen wir da mal hinlaufen? Es ist gerade Ebbe, sagte ich zu David.

Er war gleich begeistert und wir zogen los, hüpften, uns an der Hand haltend, über die Felsblöcke Richtung Leuchtturm. Es machte Spaß, ein leichter Wind wehte, es war nicht so heiß und bald kamen wir an.

Vom Leuchtturm konnte man auf die Stadt und das Hotel sehen. Leider war die Tür des Turmes verschlossen, so dass wir nicht hochsteigen konnten. Wir setzten uns vor die Tür auf die Treppe und ruhten uns ein wenig aus.

Da bemerkte ich plötzlich, wie die Wellen etwas höher heranrollten.

David, wir müssen zurück! rief ich. *Die Flut kommt, sieh, wie das Wasser steigt!*

Ich nahm ihn bei der Hand und wir begannen zurückzugehen. Das Wasser stieg schnell höher. Ich wurde nervös. Ich war ganz allein mit einem Vierjährigen.

Los, steig auf meinen Rücken, forderte ich David auf. Er schaute mich ängstlich an und ließ sich huckepack nehmen. Ich sprang los über die Felsen, so schnell ich konnte. Ich musste aufpassen, um nicht abzurutschen auf den glitschigen mit Algen überzogenen Steinen.

Das Wasser umspülte meine Füße. Ich hatte die Sandalen ausgezogen, um besser Halt zu finden auf den Felsen. Mein Herz klopfte bis zum Hals. Langsam kam das Ufer näher. Wir schafften es gerade noch, heil an Land zu kommen. David war den ganzen Abend lang aufgeregt. Er erzählte der Restaurant-Band von unserem Abenteuer.

Ich nahm mir vor, mich beim nächsten Mal erst mal zu erkundigen, wann die Flut kommen würde.

In Verbindung bleiben

Benin, 1994

Lange Strecken meines Lebens verbrachte ich im
Ausland, anfangs meist in Westafrika.
Die Kommunikation war zu der Zeit, d. h. in den
80ern und 90ern noch nicht so einfach wie heute.
Von Guineas Hinterland aus zum Beispiel wurde
in die Hauptstadt noch per Funk kommuniziert.
Einmal pro Woche, jeden Montagmorgen. Alle
Anliegen wurden beim Funker eingereicht und der
klärte es dann mit dem Büro in der Hauptstadt
Conakry. Dazu musste man sich gut stellen mit
dem Funker, sonst vergaß der auch schon mal
etwas.
Die private Verbindung mit Deutschland ging
über den Kurier-Postsack der deutschen
Botschaft. Auch einmal in der Woche. Dafür
musste man die Post aber erst einmal bis
Conakry bekommen. Das ging nur, wenn jemand
dorthin fuhr. Es war eine lange Tagesreise.
In dem Ort Kissidougou, in dem ich arbeitete, gab
es nur ein Telefon, das an der Post. Dort kamen
die Telefonate aus Frankreich an, von den jungen
Männern, die dorthin gegangen waren auf der
Suche nach Arbeit. Wenn jemand anrief, wurde
ein kleiner Junge, der in der Post herumsaß und
wartete, losgeschickt, irgendwo im Städtchen der
Familie Bescheid zu geben, man erwarte sie in
einer halben Stunde am Telefon – wenn der in

Frankreich dann überhaupt noch einmal durchkam.

In meinem nächsten Einsatz in Benin lief es dann doch etwas fortschrittlicher. Ich schenkte meinen Eltern ein Faxgerät zu Weihnachten. Nach anfänglicher Skepsis fand meine Mutter es wunderbar, mir und ihrem Enkel David nun zu jeder Tages- und Nachtzeit schreiben zu können und am nächsten Tag eine Antwort zu bekommen, vielleicht auch von ihrem Enkel ein gemaltes Bild. Der Austausch wurde sehr einfach und spontan, nicht mehr nur ab und zu ein langer Brief, sondern kurz, was uns gerade so in den Sinn kam.

Es war immer meine Mutter, die uns schrieb, mich auf dem Laufenden hielt über alles, was so los war in ihrem Umfeld, welche Blumen im Garten blühten, was meine Tante beim letzten Besuch gekocht hatte, was die Nachbarin dazu sagte, dass sie uns bald in Benin besuchen würden, und sie fragte auch jedes Mal, was bei uns passiert war. Ich berichtete über den ausgeschlagenen Zahn meines Sohnes, seinen zweiten Platz beim UN-Tennisturnier, das Angeln von winzigen Fischen in der Lagune und die baldige Dienstreise, die ich unternehmen würde, wenn sie kämen und bei meinem Sohn blieben. Das Faxgerät hatte unsere Verbindung sehr eng gestaltet. Es war wie ein stetiges miteinander Plaudern.

Eines Tages kam wieder gerade ein Fax an, als ich im Büro war. Ohne richtig drauf zu schauen, steckte ich es eilig in die Tasche, ich musste nach Hause, es war schon so spät.

Zu Hause angekommen, begrüßte ich meinen Sohn und setzte mich mit ihm zum Abendessen an den Tisch. Da fiel mir das ungelesene Fax wieder ein.

Ach, sagte ich, *geh doch mal zu meiner Tasche, da ist Post von Oma!*

Er ging und holte das Fax.

Das ist nicht von Oma, sagte er mit einem Blick darauf. *Das ist, warte, das ist von Opa!*

Was??? Ich bekam einen furchtbaren Schrecken. Was hatte das zu bedeuten? Mein Vater schrieb uns nie!

Ich lese vor, sagte David.

Nein, gib her, rief ich, ich hatte Angst, er würde eine schlechte Nachricht vor mir lesen.

Er gab mir das Fax und schaute mich erschrocken an, er hatte mir wohl meine Angst angesehen.

Ich überflog es: *Liebe Marion ... heute schreibe **ich** dir mal, da du dich bei deinem letzten Urlaub darüber beschwert hast, ich würde dir nie schreiben ...*

Puh, meine Mutter war nicht tot und nicht im Krankenhaus! Ein Stein fiel mir vom Herzen. Ich gab David das Fax und er las es mir noch einmal ganz vor.

Jo
Deutschland, 1993

Ich lernte Johannes Ende 1993, um Weihnachten
herum, in Eschborn in einem Büro der GIZ,
meiner Arbeitgeber-Organisation, kennen. Es war
anlässlich eines Bewerbungsgespräches. Ich war
noch unter Vertrag für Guinea, aber auf der
Suche nach einem Anschlussvertrag. Ich musste
weg aus Guinea, weil es dort keine passende
Schule für meinen Sohn gab. Er war sechs Jahre
alt und bisher in unserer selbst gegründeten
Zwergschule in unseren Garten unterrichtet
worden. Die öffentlichen Schulen in Kissidougou,
einer kleinen Stadt im Südosten des Landes, mit
100 Kindern pro Klasse und einem schlagenden
Lehrer waren für mich nicht akzeptabel.
Also, es musste klappen mit einem neuen Vertrag
in einer Stadt mit besseren Lebensbedingungen.
Man hatte mir Cotonou in Benin vorgeschlagen.
Eine große Stadt am Meer. Mit allem, was man
braucht. Als ich sagte, es würde mich
interessieren, lud man mich zum
Bewerbungsgespräch ein.
Ich meldete mich zunächst einmal beim
Abteilungsleiter, Herrn T. Der kannte mich schon
und fragte nur, wie es mir gehen würde und ob
ich Lust hätte, nach Benin zu gehen. Als ich
sagte, es würde mich sehr interessieren, schickte
er mich in ein leerstehendes Büro gegenüber. Ich

solle warten, Johannes B., der eventuelle zukünftige Vorgesetzte wäre noch nicht da, er käme bestimmt gleich. Ich ging also rüber und ließ mich dort hinter dem Schreibtisch des abwesenden Kollegen nieder, packte ein paar Unterlagen aus und blätterte nervös darin herum. Es dauerte etwa 10 Minuten, da klopfte es. Ich sagte *herein* und mein hoffentlich zukünftiger Chef trat ein. Auf den ersten Blick stellte ich fest: groß, schlank, gut angezogen. Auf den zweiten: Brille, Schnurrbart, gerunzelte Stirn.

Guten Morgen, B., ließ er verlauten und schaute mich skeptisch an. Ich sprang auf.

Guten Morgen, Marion Fischer, sagte ich, streckte ihm die Hand entgegen und schaute ihm freundlich in die Augen.

Da ich schon da gewesen war, war es an mir, ihn zu bitten, sich zu setzen. Als er saß, fiel mir auf, dass ich auf der falschen Seite saß. **Er** sollte **hinter** dem Schreibtisch sitzen, **ich davor**. Oh je, es fing alles falsch an...

Wollen wir, äh ... die Plätze tauschen? fragte ich. *Ich sollte eigentlich vor dem Schreibtisch sitzen und Sie dahinter.*

Er schaute mich durchdringend an, zwirbelte seinen Schnurrbart und murmelte, *nee, ist schon ok so.* Ich setzte mich also wieder hinter den Schreibtisch, was mir sofort wieder ein Du-sitzt-am-falschen-Platz-Gefühl gab.

Sie wollen also nach Cotonou? kam er direkt zum Punkt.

Ich interessiere mich sehr für diese Stelle in ihrem Team, sagte ich beherzt. *Ich habe schon einiges über das Vorhaben und die Aufgaben gelesen. Vielleicht können Sie mir noch mehr dazu sagen?* – Oh je, wieder falsch, ich sollte doch nicht ihn interviewen.

Auch das schien ihm nichts auszumachen, er begann, ausführlich über Benin zu erzählen, vor allem von den Tieren im Nationalpark im Norden, statt von meinen Aufgaben in den Agrargebieten. Von Löwen und Elefanten, Schlangen und Wilderern.

Hm, dachte ich nach ein paar Minuten, du musst etwas sagen, er soll dich doch kennenlernen.

So begann ich meine wenigen Löwen- und Elefanten-Storys aus Kenia und dem Niger hervorzusprudeln. Wieder sah er mich an, dieses Mal neugierig, zwirbelte seinen Schnurrbart und setzte gleich noch eins drauf.

Hektisch kramte ich in meinen paar Großwild-Erinnerungen, um erneut einen Beitrag zu haben. Ich fand noch etwas, schmückte es aus und hoffte inständig, er würde bald zu einem anderen Thema kommen, denn mir gingen die Löwen langsam aus...

Da sprang er hoch und murmelte: *Versuchen wir es miteinander! Wann wollen Sie anfangen?*

*Äh, mein Vertrag in Guinea endet im Januar, ich
kann gleich danach in die Vorbereitung gehen und
dann ausreisen.*

*Na schön, ich muss jetzt weg, hab noch andere
Termine, wir sehen uns.*

Ok, sagte ich, *ich freue mich!* Wir gaben uns die
Hand und schon war er weg.

Das ging ja schnell!

Heute denke ich, er war derjenige von allen
Vorgesetzten, der mir am meisten beigebracht
hat, nämlich Zeit- und Budget-Management,
Planung und Follow Up. Damit war ich bestens
gerüstet, immer den Überblick zu behalten und
den Kopf für andere Dinge frei zu haben.
Vielleicht sollte ich ihn bei Gelegenheit einmal
fragen, was das eigentlich sollte mit den Löwen
und Elefanten. Und ihm sagen, dass ich ihm bis
heute dankbar bin für das, was er mir
beigebracht hat.

Das rosane Haus
Benin, 1994

Dreieinhalb Jahre hatten mein Sohn und ich in dem Haus in Cotonou im Viertel Haie Vive (lebende Hecke) gewohnt. Der Maler, der es für mich streichen sollte, hatte es in meiner Abwesenheit kurzerhand rosa gestrichen. Ich kam aus dem Büro und traute meinen Augen nicht. Rosa! Als ich losschimpfte, meinte er, ich sei doch eine Frau, er hätte es besonders schön machen wollen und schaute mich verständnislos-vorwurfsvoll an. Ich gab auf und gewöhnte mich an die Farbe, und da es keine Straßennamen und keine Hausnummern gab, war unsere Adresse „das rosane Haus", das fand man leicht, es war weit und breit das einzige mit dieser Farbe.
1997 haben wir Benin nach dreieinhalb Jahren verlassen und sind nach Deutschland zurückgekehrt. Bald 30 Jahre sind es her. Und oft hatte ich daran gedacht, wieder einmal nach Cotonou zu reisen, zu schauen, wie es jetzt aussieht.
Ich mochte unsere Bleibe dort sehr. Das Grundstück war groß und im Garten standen alte Bäume, zwei besonders große waren Flammenbäume, die so heißen, weil sie feuerrote Blüten haben, die sehr lange blühen.
Die beiden Flammenbäume beschatteten das Haus völlig, es lag darunter geduckt, flach und

klein, wie von ihnen beschützt. Nicht nur gegen die Hitze, sondern gegen alle Unbilden. Die Bäume waren der wahre Grund dafür gewesen, dass ich das Haus gemietet hatte. Denn es war schon alt und etwas schäbig und die Zimmer ziemlich klein.

Warum war ich bloß nie wieder da gewesen?

Es hatten sich so viele Dinge ereignet in Benin, gute und schlechte.

Das Letzte, was passierte, der Abschied vom Haus, war dramatisch. War ich deswegen nie mehr da gewesen?

Ich war mit meiner Vermieterin in Streit geraten. Sie wollte die Bäume fällen lassen, die Wurzeln würden die Hausmauern zum Einstürzen bringen. Dafür sah ich keinerlei Anzeichen. Und ich wollte nicht im letzten Jahr meines Aufenthaltes mit ansehen, wie die Bäume gefällt würden und die Stümpfe traurig in die Luft ragten. Und umziehen wollte ich auch nicht mehr. Das Verhalten meiner Vermieterin wurde immer bedrohlicher. Ich würde für die Schäden am Haus zahlen müssen, sie würde uns vor die Tür setzen und so weiter.

Schließlich schaltete ich eine Rechtsanwältin ein. Sie ging sachlich-kühl und schriftlich vor, was mich sehr beruhigte. Alles plätscherte nur noch ruhig vor sich hin. Dachte ich.

Am Tage unserer endgültigen Abreise aus Benin nahm ich alle Schlüssel, die zuhauf im Hause in einem Körbchen lagen und auch die Hausschlüssel, packte sie in eine Plastiktüte und gab diese meinem Fahrer, der uns zum Flughafen fuhr. Er sollte sie am nächsten Tag bei der Vermieterin abliefern. Ich wollte sie zum Abschied nicht mehr sehen. Über meine Rechtsanwältin hatte ich ihr mitteilen lassen, dass ich alles ordnungsgemäß hinterlassen und ausreisen würde.

Als wir uns am Flughafen von allen Freunden und Kollegen verabschiedet hatten, gingen wir zum Schalter mit den Grenzbeamten und zeigten die Pässe vor. Der Grenzbeamte schaut zuerst in den Pass und dann mich scharf an und meinte, wir sollten mitkommen. Mein Sohn schaute mich fragend an. *Werden wir jetzt verhaftet?*

Er grinste. Der Grenzbeamte führte uns in eine Art Hinterzimmer und meinte, meine Vermieterin hätte bewirkt, mich aufzuhalten, da ich die Schlüssel ihres Hauses nicht abgegeben hätte. Bis hierher verfolgte sie mich! Ich bekam Angst, das Flugzeug zu verpassen. Fieberhaft dachte ich nach, was ich tun sollte.

Da fiel mir mein Kollege Christoph ein, der auch zum Verabschieden mit zum Flughafen gekommen war. Er durfte bis hinter die Grenzkontrolle kommen, da er öfter mal VIP abholen musste. Ich sagte dem Grenzbeamten, ich hätte die Schlüssel im Auto draußen und müsse nur jemanden kontaktieren. Der hoffentlich noch nicht gegangen sei.

Ich fand Christoph noch. Und der wiederum fand meinen Fahrer noch, der ihm dann zwei Schlüssel aus der Plastiktüte übergab, die wie Hausschlüssel aussahen. Ob sie es waren, konnte ich nicht erkennen. Wir zeigten sie dem Grenzbeamten, der sie in einem anderen Hinterzimmer der Vermieterin übergab.

Dann wurden wir durch die Kontrolle, ins Gate und auch ins Flugzeug gelassen. Aber erst als das Flugzeug abhob, ließ meine Herzklopfen nach und ich wurde wieder ruhiger.

Was für ein Abschied!

Neulich habe ich von dem Haus geträumt.

Ich stand an der schmiedeeisernen Pforte, an der ich nach meiner Geburtstagsfeier 1996 – es war der 40. gewesen – den letzten Gast um 4 Uhr morgens verabschiedete und der Regen wieder einsetzte.

Mitten in der Regenzeit hatte es den ganzen Abend nicht geregnet. Das Geburtstagsgeschenk meines beninischen Kollegen Gérard war ein Regenzauber gewesen, der den Regen gestoppt hatte. Das musste sein. Wegen der vielen Gäste, die gar nicht ins Haus passten. Der Garten musste mitgenutzt werden.

Ich starrte das Haus an, das fast zusammengefallen war, aber die Flammenbäume waren immer noch da und beschatteten das

Dach, und es stand ein verwittertes Schild in der
über und über blühenden Hecke aus
Bougainvilleas … „Il était une fois" … „es war
einmal" …
Aufgewühlt und verwirrt wachte ich auf und
nahm mir fest vor, endlich einmal hinzureisen.
Die Vermieterin war bestimmt schon tot.

Das Vertrauen
Brasilien, 1998

Nach langen Jahren in Afrika wechselten wir,
mein 10-jähriger Sohn und ich, den Kontinent.
Ich solle mich freuen darüber, sagte man mir.
Von Afrika nach Lateinamerika zu wechseln, das
sei doch was. Und ich solle Vertrauen haben,
dass es schon gut gehen würde.
Ich hatte Vertrauen, sonst hätte ich mich nicht
bereit erklärt, nach Brasilien zu wechseln.
Wenn ich mich durch die Welt bewegt habe, habe
ich mich immer wieder mal gefragt, warum ich
jemandem oder auf etwas vertraue.
Warum vertraue ich dem Piloten, der das
Flugzeug über den Atlantik nach Brasilien fliegt?
Ich habe ihm niemals in die Augen geschaut. Ich
habe ihn nicht einmal aus der Ferne gesehen.
Wem oder was genau also vertraue ich? – Der
Institution, d. h. der Fluggesellschaft, die den
Piloten angestellt hat? Deren Auswahlverfahren?
Deren Erfahrung? Deren Interesse, keine
Abstürze zu haben, weil das geschäftsschädigend
wäre?
Oder der Technik? Aber auch wenn die
funktioniert, gibt es noch das menschliche
Versagen.
Sagen wir, wir haben den Flug überstanden und
nehmen ein Taxi mitten in der Nacht vom
Flughafen zum Hotel. Wieso habe ich Vertrauen

in den Taxifahrer? Er könnte uns entführen, ausrauben, umbringen. Aber nein, das tut er nicht. Er empfiehlt uns ein Hotel, ich lasse ihn mit meinem schlafenden Kind und allem Gepäck vor dem Hotel warten, während ich an der Hotelrezeption frage, ob es noch ein freies Zimmer gibt.

Die erste Nacht im Hotel, wir schlafen tief und fest an einem Platz, den wir nie zuvor gesehen haben. Wir vertrauen darauf, dass man uns in Ruhe schlafen lässt, dass das Hotel nicht einstürzt, dass keine Bomben darauf fallen, keine Terroristen die Tür eintreten, dass am Morgen die Dusche funktioniert.

Nach der Dusche gehen wir runter zum Frühstück. Wir essen, was wir mögen, im vollen Vertrauen darauf, dass es gutes Essen ist, dass es nicht verdorben ist, dass man uns nicht vergiften möchte.

Es ist zubereitet von Menschen, die wir nie zuvor getroffen haben. Deren Großeltern in diesem Teil Brasiliens Sklaven waren, die allen Grund hätten, sich zu rächen, uns zu töten. – Nein, wir essen ruhig unsere Eier und den Obstsalat und nichts passiert.

So geht es immer weiter, Schritt für Schritt auf unbekanntem Gelände, in fremder Sprache, mit fremden Menschen, fremden Häusern, fremder Schule, fremden Kollegen, fremden Gewohnheiten.

Das Vertrauen ist immer da.
Es ist nicht blind. – Oder ist es blind? Es ist
einfach da.
Ist es da wie die Fähigkeit zu hören, zu sehen, zu
riechen, zu schmecken, zu tasten?
Gehört es zum 6. Sinn, dem Bauchgefühl? Wie
entsteht oder was ist das Bauchgefühl?
Lernt man, Vertrauen zu haben durch
Erfahrungen, die man macht?
Geben Eltern ihren Kindern Vertrauen in die
Welt?
Ist es angeboren?
Ich weiß es nicht, aber ich habe es immer
gebraucht, um zu leben. Ohne Vertrauen hätte
ich nichts tun können. Ich hätte immer Angst
gehabt.

Silvestre
Brasilien, 1999

Brasilien war nicht so einfach für uns, wie wir es uns vorgestellt hatten. Nicht einmal da, wo es zu Beginn einfach ausgesehen hatte. Ich möchte hier von Silvestre, unserem schwarzen Kater, erzählen.

Hundewelpen und Kätzchen wurden am Eingang unseres Viertels meist von älteren Straßenkindern verkauft. Keine Ahnung, woher sie die hatten. Vielleicht gingen sie in wohlhabenderen Vierteln herum und fragten, ob jemand seine Tiere loswerden wollte.

Als wir in das Viertel Villas do Atlantico zogen, kauften wir jedenfalls dort am Eingang einen winzigen Dalmatiner, der sich in die zwei Kinderhände meines Sohnes David kuschelte, und eine magere kleine schwarze Katze mit tränenden Augen, die erbärmlich miaute. David taufte den Dalmatiner Mickey und die Katze Silvestre.

Silvestre wurde Davids „Kuscheltier". Er hatte noch nie etwas von Plüschtieren gehalten. Es musste immer etwas Lebendiges sein. Schon als Baby musste er zum Einschlafen meinen oder einen anderen echten Finger festhalten.

Silvestre war das gerade recht. Er entwickelte sich prächtig und war bald der Chef des Dalmatiners und dann auch des Kampfhundes Rudi, der später – ohne dass wir wussten, dass er ein Kampfhund war – dazukam.

Silvestre fraß ihr Hundefutter und zerkratzte ihnen die Nase, wann immer ihm ihr Verhalten auf den Wecker ging.

Wenn die Riesenhunde ihm einmal zu viel wurden im ungestümen Spiel, rettete er sich auf Davids Schoß, reklamierte Streicheleinheiten und rollte sich alsbald schlafend auf seinen Knien zusammen.

Nach etwa einem Jahr aber zogen wir aus Gründen, die hier keine Rolle spielen, weg aus dem Vorort und mitten rein in die Altstadt in das älteste Hochhaus von Salvador da Bahia von 1951, in das oberste der fünf Stockwerke.

Die Hunde verschenkten wir. Sie hätten nicht in einer Stadtwohnung leben können und mir schien, David lag nicht so viel an ihnen. Aber Silvestre nahmen wir mit. David hielt ihn beim Umzug hinten im Auto fest auf dem Schoß. *Er hat gerade Pipi auf mich gemacht,* sagte er nach einer Weile leise. *Gleich kannst du dich umziehen. Bestimmt hat er Angst,* erwiderte ich.

Bald kamen wir an. Wir gingen durch die Räume, inspizierten alles, schauten vom Balkon über die ganze Bucht der Todos os Santos tief unter uns und David zeigte dem verwirrten Silvestre unser neues Zuhause.

Zu Anfang ging alles gut. Obwohl, der Weg zur Schule und für mich zur Arbeit war länger, wir hatten keinen Garten mehr und das Meer war nicht mehr so einfach zu erreichen.

David war – wie auch vorher schon – von Brasilien alles andere als begeistert.

Ich hingegen war hingerissen von der Aussicht. Nie wieder im Leben hatte ich solch eine Aussicht. Es war wie auf einer Wolke zu sitzen und auf die Welt hinunterzuschauen.

Dann aber passierte etwas, was unser ganzes Leben ändern sollte.

Silvestre fiel vom Balkongeländer in den geteerten Hof. David und ich waren nicht zu Hause. Die Haushaltshilfe Luzenete rief mich im Büro an. Sie weinte und sagte mir, was passiert war.

Dass der Hausmeister einen Tierarzt in der Nähe kennen würde. Man könne sofort mit dem schwer verletzten Silvestre hinfahren. Ich sagte, sie solle das tun. Ich käme auch sofort, bevor David aus der Schule käme. Als ich nach Hause kam, war Luzenete wieder zurück. Mit verweinten Augen. Ohne Silvestre. Er sei gestorben.

Für David brach die Welt in Brasilien endgültig zusammen. Er ging nicht mehr auf den Balkon. Er wollte nur noch weg. Er habe nichts mehr, was ihn hielte.

So gingen wir so bald wie möglich weg, zurück nach Deutschland, wo wieder ein ganz anderes Leben uns erwartete.

Das fremde Kind
Brasilien, 1999

Als mein Sohn David 10 Jahre alt war, bekam ich
das Angebot, eine Stelle in Bahia, im Nordosten
Brasiliens anzutreten.
Eine Verlockung für mich. Aber ich wollte auch
wissen, was mein Sohn davon hielt. Er sollte auf
jeden Fall einverstanden sein.
So setzte ich mich eines Abends zu ihm ans Bett
und erzählte ihm von der Möglichkeit, wieder ins
Ausland gehen zu können. Vorsichtig formulierte
ich, was ich selbst schon wusste und deutete an,
was ich nicht wusste. Ich schaute ihn gespannt
an. Er setzte sich auf, schob sich ein Kissen in
den Rücken und hörte aufmerksam zu. Zu
meinem Erstaunen sagte er spontan *ja*. Dennoch
stiegen viele Fragen in mir hoch.
Spürte er meine freudige Erregung und wollte mir
den Spaß nicht verderben?
Wollte ich Verantwortung an ihn abgeben?
Schließlich wusste er gar nicht, wofür er sich
entschied.
Würde er es mögen? Würde es so sein, wie man es
mir beschrieben hatte?
Würde er sich einleben können?
Mir war mulmig zumute. Opferte ich mein Kind
meinen beruflichen Interessen? Oder förderte ich
es? Ich beobachtete akribisch, ob es Anzeichen
von Widerstand bei ihm gab. Irgendwann musste

ich eine endgültige Zusage machen. Dann würde es kein Zurück mehr geben.

Aber er zeigte keine Bedenken. Es gab lediglich einen traurigen Abschied von unseren Freunden und ihre Versprechen, uns zu besuchen.

Der Einstieg in Brasilien war hart. Für uns beide. Kein vorsichtiges Herantasten. Ein anderer Kontinent, laut, lebhaft, fordernd. Mit einer Sprache, in der uns die Zwischentöne lange nicht geläufig waren.

David mochte die Schule nicht. Er hatte keine Freunde. Jeden Tag kam er traurig nach Hause. Nach ein paar Monaten sagte er mir, er habe sich alle Mühe gegeben, aber man behandele ihn weiterhin schlecht.

Ich versuchte, David das Leben außerhalb der Schule angenehm zu machen. Wir hatten eine liebe Köchin, ein Haus am Meer, zwei Hunde und eine Katze. Ich lud Freunde und Großeltern aus Deutschland ein, wir machten Ausflüge und Reisen, ich fand einen Tauchlehrer für David, freute mich über jedes Lächeln von ihm.

Später zogen wir in eine Wohnung in der Stadtmitte. Ich dachte, es würde dort einfacher. Er könnte leichter Kontakte bekommen. War es nicht. Die Hunde mussten wir verschenken, die Katze fiel vom Balkon und starb an ihren Verletzungen. David betrat den Balkon nicht mehr.

Er wollte weg aus Brasilien, zurück nach Afrika oder Deutschland. Wenn Besuch kam, packte er seinen Koffer und wollte mit ihm zurückfliegen. Es zerriss mir das Herz.

Eines Tages schlug der Tauchlehrer Jorge mir vor, ihn in ein Waisenhaus zu begleiten. Dahin, wo er selbst groß geworden war, nachdem man ihn auf der Straße aufgelesen hatte. Er gab dort Capoeira-Unterricht. (Capoeira ist eine Art Kampftanz, den die afrikanischen Sklaven erfunden haben, um ihren Besitzern vorzugaukeln, sie würden tanzen, während sie sich in Wirklichkeit in Kampfkunst übten. Er wird seitdem überall in Bahia wie ein Nationalsport betrieben.)

Jorge meinte, dass Capoeira vielleicht auch David gefallen werde. Dass er sich damit ausdrücken könne. Ich stimmte zu.

Wir fuhren zusammen hin. Als wir auf das vor uns liegende, etwas herunter gekommene schmutzig-gelbe Gebäude inmitten eines großen geteerten Hofes zugingen, kläffte ein zotteliger Hund uns an.

Schon von draußen hörten wir die Kinder lärmen. Jorge öffnete die quietschende Blechtür und wir traten ein.

Jorge drehte sich zu mir um und sagte *Komm mit, wir gehen zur Turnhalle*. Ich nickte und folgte ihm. Da schoss plötzlich ein etwa sechsjähriger Junge auf mich zu und stürzte sich wortlos in meine

Arme, die ich spontan ausgebreitet hatte, um ihn aufzufangen.

Ein schönes Kind, mit wild-lockigem Haar und strahlend blauen Augen. Er klammerte sich fest an mich.

Na, da hast Du ja schnell ein Kind zum Adoptieren gefunden, meinte Jorge und schaute mich herausfordernd an.

Während ich versuchte, mich sanft von dem Jungen zu befreien, stiegen mir die Tränen in die Augen.

Schließlich gelang es mir, ihn abzusetzen. Er schaute noch einmal kurz zu mir hoch, auf den zweiten Blick war er noch bezaubernder. Dann rannte er davon.

In meinem Kopf war Chaos, mein Innerstes tief aufgewühlt. Ich versuchte, mich zu fassen.

Wieso hatte er sich so verhalten?

Dann riss ich mich zusammen.

Wo ist denn nun Dein Capoeira-Raum? fragte ich Jorge, mich räuspernd, und schob ihn vorwärts.

Ich habe diesen Jungen, den ich abgestellt habe, nie vergessen. Immer wenn ich an ihn denke, habe ich das Gefühl, ihn im Stich gelassen zu haben.

Warum habe ich mich so verhalten? Hätte ich nicht auch etwas für das fremde Kind tun können?

Hatte ich Angst vor der Verantwortung? Oder weil
er schöner oder vielleicht zuwendungsbedürftiger
als mein eigenes Kind war?
Was wohl aus ihm geworden ist?

Auf dem Dach

Tschad, 2002

Auf dieser Dienstreise wollte ich mit Gerrit, meinem holländischen Kollegen im Tschad, nach Abeché im Osten des Landes fahren. Dahin, wo er arbeitete. Ich war noch nie dort gewesen und war sehr neugierig. Es schien mir am Ende der Welt zu liegen, kurz bevor man in den Sudan kommt. Vor Abeché kamen Orte wie Abu Mbard und Oum Hadjer, nach Abeché, schon im Sudan liegend, Al-Dschunaina, Kabkabiya und Al Faschir. Der Klang dieser Namen ließ mein Herz schneller schlagen.

Ich erinnerte mich an Gullivers Reisen, die ich so gemocht hatte als Kind, wenn mein Vater sie meinem jüngeren Bruder und mir vorlas an winterlichen Sonntagnachmittagen, während es draußen schon dämmerte und drinnen der Ofen eine wohlige Wärme ausstrahlte. Am besten von allen Gulliver-Geschichten fand ich die mit der Zeichnung, auf der Gulliver mit vielen Fäden an in die Erde gerammte Pflöcke angebunden am Boden lag und zahllose winzige Menschen auf ihm herumturnten. Als Kind war das für mich ein Stück Realität, der Riese Gulliver im Zwergenland, das gab es wirklich. So wirklich wie meine Eltern, meinen Bruder und mich im Wohnzimmer auf dem Sofa vor dem Ofen.

Seither war ich immer auf der Suche nach Dingen, die mich in Erstaunen versetzen. Riesen und Zwerge wären das Größte! Hexen und Zauberer. Ich wollte gern alles auf mich nehmen, um an die seltsamsten Orte zu gelangen und vielleicht eines Tages Gulliver zu begegnen.

Das ist ein langer Weg, meinte Gerrit beim Abendessen in der Pizzeria mit den Korblampenschirmen am Tag vor der Fahrt nach Abeché und schaute mich an, als ob er Zweifel daran hätte, dass ich wirklich fahren wollte.

Ja, das ist mir schon bewusst, erwiderte ich forsch, *lass uns früh losfahren! Meinetwegen um 5!*

Nein, da ist es noch dunkel, in der Dunkelheit zu fahren ist gefährlich, um 6 wird es hell. Ich komme am Hotel vorbei und hole dich ab.

Wir bezahlten unsere Pizza Calzone, gefüllt mit aus Frankreich importiertem Schinken, Gerrit setzte mich drei Straßen weiter am Hotel ab und verabschiedete sich. Ich schlug die Autotür zu, ging in mein Hotel und dachte weiter an die Fahrt am nächsten Tag, war aufgekratzt von dem, was ich gehört hatte über Abeché, das Eingangstor zur Wüste, mit den Flüchtlingslagern der Sudanesen aus Darfur, dem Sultan, dem wir unsere Aufwartung machen würden, die auf der Straße offen mit Waffen herumlaufenden Angehörigen verschiedener Clans. Von den

Schwierigkeiten, Wasser im Boden zu speichern für die immer länger werdende Trockenzeit.

Ich konnte noch nicht auf mein Hotelzimmer gehen und schlafen. Das Hotelgelände allein zu verlassen an einem solchen Ort wie N'Djamena, der Hauptstadt des Tschad, kam nicht infrage. Draußen, in der von Insekten umschwirrten Lampen erleuchteten Nacht, konnte alles passieren. So begann ich, wie ein Tiger im Käfig, Runden um den Hotelpool im Innenhof des Hotels zu drehen. Nur der Nachtwächter war noch zu sehen. Er öffnete schläfrig ein Auge, als er meine Schritte hörte und runzelte ob der um den Pool laufenden Weißen kurz die Stirn, um dann das Auge wieder zu schließen und auf dem Nachtwächterstuhl mit der hohen Lehne ausgebreitet weiter vor sich hin zu dämmern. Ich lief so lange, bis ich mich etwas beruhigt hatte. Dann ging ich auf mein Zimmer, stellte den Wecker auf 5 Uhr und versuchte zu schlafen.

In dieser Nacht reiste Gulliver in meinem Traum ins Land der Riesen, ein Riese hielt ihn zwischen zwei Fingern in der Hand und schnüffelte an ihm. Ich hoffte inständig, er würde ihn nicht fallen lassen aus seiner Riesenhöhe. Er würde sich alle Knochen brechen.

Das Klingeln des Weckers riss mich aus tiefstem Schlaf. Noch benommen sprang ich aus dem Bett und machte mich fertig, schnappte mein Gepäck und lief schnell noch im halbdunklen Restaurant vorbei, wo man mir Kaffee in einer Thermosflasche und einen kleinen Imbiss hingestellt hatte für diese frühe Uhrzeit.

Bezahlt hatte ich abends schon. An der Rezeption war niemand.

Als ich am noch vor der Eingangstür schlafenden Nachtwächter vorbei in den großen, fleckig geteerten Hof trat, sah ich, dass Gerrits weißer Geländewagen schon vor dem Tor stand.

Die ersten 23 km sind einfach, da haben wir Teerstraße, sagte Gerrit, nachdem ich eingestiegen war und wir uns begrüßt hatten. Der mit einem Turban bis auf einen Spalt für die Augen verhüllte Fahrer fuhr los. Die Straße war noch leer, nur ein paar Lastwagen parkten am Straßenrand, die Fahrer standen im Unterhemd mit einem Becher Wasser und einer Zahnbürste neben ihren bunten, völlig überladenden Trucks. Einige Ziegen waren auch schon wach und drängten sich in der kühlen Morgenluft eng zusammen.   Nach den wenigen Kilometern Teerstraße, die wir schweigend zurücklegten, sah man nur noch Reifenspuren im Sand anstelle einer Straße.

Gerrit, der vorn saß, drehte sich zu mir um und meinte, er hätte jetzt ein GPS-Gerät. Das sei echt super, er würde es mir gern erklären. Bevor ich *nein, nicht nötig, ich verstehe nichts von technischen Geräten* sagen konnte, begann er mit leuchtenden Augen, mir die Funktionsweise in allen Einzelheiten zu schildern. Die männlichen Kollegen im Ausland begeisterten sich gern für technische Spielereien. Damals GPS, später durfte es gern mal eine Drohne sein. Ich gähnte deutlich, wie ich meinte, aber das machte ihm nichts aus. Er bemerkte es wohl nicht einmal. Der beturbante Fahrer fuhr ebenfalls unbeeindruckt ohne Blick auf das GPS einfach durch den Sand schlingernd weiter. Er kannte den Weg sowieso. Nach etwa vier Stunden - nach meinem Verständnis sturen Geradeausfahrens - machten wir eine Pause im Schatten einer Akazie. Der Fahrer warf eine Matte auf den Boden. Wir setzten uns und Gerrit packte Brot mit Schmelzkäse-Ecken mit dem Namen »La vache qui rit«, die lachende Kuh aus. Die konnte man ohne Kühlschrank aufbewahren. Es gab sie schon seit Jahrzehnten in Afrika, sogar im hintersten Winkel in kleinen Dorfläden. Dabei dachte ich, ein Kühlschrank im Auto wäre meiner Meinung nach eine interessantere Technologie als das GPS. Auch das Trinkwasser wäre dann nicht so eklig warm gewesen.

Dann ging es weiter. Der Fahrer spielte Kassetten mit sudanesischer Musik. Die passte sehr gut zur endlos leeren, wüstenartigen Landschaft aus Steinen und Sand. Hunderte von Kilometern fuhren wir durch gleißendes Licht, eine lange Staubfahne hinter uns lassend, und sahen niemanden, nur hier und da ein paar dürre,

dornige Bäume und dann und wann ein, zwei
Kamele, die natürlich jemand gehören mussten,
der nicht sichtbar war, vielleicht in einem
dürftigen Schatten lag und schlief. Gegen Abend
kamen wir erschöpft und verschwitzt in Abeché
an.
Ich wohnte bei Gerrit. Auch nur halbwegs
saubere Hotels gab es nicht in Abeché. Sein Koch
hatte etwas zu essen für uns zubereitet. Nach
einer erfrischenden Dusche aßen wir Fleisch,
Tomatensalat und Pommes frites auf der
Terrasse. Das Fleisch war wie so oft im Sahel so
zart, dass es einem auf der Zunge zerfiel. Je
trockener das Futter der Tiere, desto zarter war
ihr Fleisch. Als wollten die Tiere nach ihrem
dornenreichen Leben nach ihrem Tod das
Gegenteil bieten. Dazu ein eiskaltes Bier. Wie gut
sich das nach der langen Fahrt in der Kehle
anfühlte! Nach einem zweiten Bier - in solchen
Regionen brauchte man schließlich mehr Bier
wegen des Flüssigkeitsverlustes - kehrte langsam
die Energie in uns zurück und Gerrit begann,
seine Abenteuer zu erzählen. Unter anderem, wie
man früher nach den Sternen gefahren oder auf
dem Kamel geritten sei. Wie man so die Brunnen
gefunden habe. Und sie in der tiefen Sahara, die
nördlich von Abeché begann, bis heute noch fand.
Nach einem geteilten dritten Bier hatte ich die
Idee, draußen auf dem Dach zu schlafen, um die
Sterne etwas intensiver zu betrachten. Gerrit

wurde schlagartig wieder unentspannt, er fand die Idee gar nicht gut. Ich umso mehr. Wenn schon nicht Gulliver, dann doch wenigstens Sterne.

Nach einigem weiteren Herumgeknösel meinerseits gab er sich geschlagen.

Aber wir müssen ein paar Sachen aufs Dach mitnehmen, meinte er. Es würde kalt werden. Wir schleppten Berge von Matratzen, Schlafsäcken, Kissen, Decken und ich weiß nicht, was noch alles aufs Dach und bauten so etwas wie eine Festung daraus. Ich fand das völlig übertrieben und dachte nur *Typisch Holländer, die schlafen so wie sie im Sauerland fahren, übervorsichtig...*

Als wir alles aufgebaut hatten, legten wir uns hin, auf den Rücken, die Arme unter dem Kopf verschränkt, beide mit Brille auf der Nase, in die Sterne schauend. Der Sternenhimmel war unglaublich. Niemals zuvor hatte ich die Milchstraße in solcher Deutlichkeit gesehen. Ich schaute und schaute und wollte die Brille nicht absetzen und auch nicht schlafen. Nach einer Weile fühlte ich mich immer kleiner werden angesichts dieser Weite des Weltalls und der Unzähligkeit der Sterne. Ich musste lächeln, langsam wurden auch die Probleme in meinem Kopf immer kleiner.

Bald allerdings wurde es entsetzlich kalt. In der Wüste können die Temperaturen nachts unter den Gefrierpunkt sinken. Eisiger Wind pfiff über das Dach und ließ die Mauern unserer Festung, die aus gegen Stühle gelehnte Matratzen bestanden, heftig schwanken. Gerrit schien tief zu schlafen. Außer dem Pfeifen des Windes hörte man nichts.

Eine seltsame, mir unbekannte Art von Angst stieg langsam in mir auf. Die eisige Weite würde mich verschlingen. Ich würde erfrieren und verschwinden, vergehen in der Unendlichkeit des Weltalls. Ich war nichts in dieser Weite. Ich zwang mich, tief ein- und auszuatmen, mir bewusst zu machen, dass es mich gab. Es fiel mir schwer, mir vorzustellen, dass es mich gab, überhaupt irgendetwas gab in meiner Umgebung. Starr und stocksteif lag ich da und spürte meine Existenz nicht mehr. Ich hörte auf, bewusst zu atmen, und gab mich auf.

Als ich fast verschwunden war, spürte ich plötzlich eine Berührung an meinem Fuß. Ich zuckte zusammen. Ein winziges bisschen Wärme machte sich bemerkbar. Gerrit hatte sich wohl im Schlaf umgedreht und dabei seinen Fuß in meine Richtung ausgestreckt. Ich fühlte die Wärme seines Fußes auf mich ausstrahlen und bewegte meinen Fuß keinen Millimeter, um die Berührung nicht zu beenden. Ich war doch nicht allein im Weltraum! Da war ein lebendiger Mensch neben mir! Ich fühlte, dass dieses bisschen Wärme die Ungeheuerlichkeit des Verschwindens im Weltall aufhielt, ja sogar rückgängig machte.

Ich erwachte nach und nach aus meiner Erstarrung und tastete vorsichtig, ob ich noch ganz war. Alles war noch da, meine Arme, meine Beine, nichts hatte sich aufgelöst. Ich legte die Brille beiseite, ich wollte die Sterne nicht mehr sehen, zog alle Decken noch enger um mich herum und schlief in unserer Matratzenfestung endlich ein.

Viel zu nah

Ruanda, 2014

Man fand Gustave tot am Ufer des Kivu-Sees im Westen Ruandas.

An diesem Morgen, ich grüßte wie immer auf meinem Weg ins Büro im ersten Stock freundlich in jede offenstehende Tür meiner MitarbeiterInnen hinein, spürte ich, dass etwas anders war. Die Gesichter waren erstarrt, kein bisschen Lächeln, nichts kam mir entgegen. Meine deutsche Assistentin, die in meinem Vorzimmer saß, schaute mich betreten an und sagte, sie käme mit mir in mein Büro, sie müsse mir etwas sagen. *Komm rein, Claudia,* sagte ich, *setz dich, was ist denn passiert? Alle schauen so betreten drein!* In einem ihrer üblichen dünnen Blümchenkleidchen, die mich stets befürchten ließen, sie würde krank werden von der Kälte, die manchmal auf 1500 m über dem Meeresspiegel herrschte, setzte sie sich vorsichtig auf die Stuhlkante des Besucherstuhles vor meinem Schreibtisch.

Ich zögerte noch ein bisschen hinaus, sie nochmals zum Sprechen aufzufordern, stellte meine Tasche auf den Schreibtisch, nahm ein paar Papiere heraus, setzte mich, schob etwas von rechts nach links, aber schließlich musste ich sie bitten, mir zu sagen, was los war. Ich hatte Angst vor dem, was kommen würde. Des Öfteren schon hatte es schreckliche Nachrichten gegeben. Einmal war die Buchhalterin heulend zusammengebrochen, weil man ihr berichtet hatte, man habe die Skelette ihrer Cousinen beim Umsetzen des Plumpsklos gefunden. Die Kinder waren während des Völkermordes verschwunden. Und nun, nach 20 Jahren hatte man sie dort gefunden, wo man sie damals reingeworfen hatte. Im Plumpsklo.

Gustave ist tot, sagte sie mit vor Entsetzen aufgerissenen Augen. *Gustave?* Das war ein von uns finanzierter junger Mitarbeiter der Nichtregierungsorganisation Transparency International. Ich dachte als Erstes an einen Autounfall.

Ja, fuhr sie fort, *man hat ihn erwürgt am Ufer des Kivu-Sees gefunden. Heute Morgen.*

Mir schwindelte. Letzte Woche noch hatte ich mit ihm über seine neuen Aufgaben gesprochen. Methoden zur transparenten Abwicklung von Vergabe öffentlicher Bau-Aufträge zu entwickeln. Er hatte gute Ideen gehabt. Ein integrer und kluger junger Mann.

Ich war erschüttert. *Wie das?*

Frauen, die dort am Ufer Wäsche waschen wollten, haben seine Leiche gefunden und die Polizei benachrichtigt. Die hat seinen Ausweis und Papiere bei ihm gefunden und Transparency International benachrichtigt. Und die haben mich eben angerufen.

Warum hatte man ihn ermordet? Wer hatte das getan?

Ich beschloss, zu Transparency zu fahren und mich bei deren Direktor näher zu erkundigen.

Als ich dort ankam, fand ich die versammelte Mannschaft im Meeting-Raum, die Frauen weinend, die Männer leise miteinander redend. Appolinaire, der Direktor, kam mir entgegen. Wir umarmten uns, mir kamen nun auch die Tränen. Er erzählte mir, was er gehört hatte, es war nicht mehr als das, was ich schon wusste.

Wir müssen herausfinden, was passiert ist, sagte ich.

Es muss einen Grund geben, warum man ihn erwürgt hat. Ich informiere erst einmal unsere Landesdirektorin. Sie wird die Botschaft verständigen.

Er war von der deutschen Seite finanziert worden. Hatten wir ihn in Gefahr gebracht mit unserem Auftrag?

Unser ganzes Vorhaben ging geschlossen zu seiner Beerdigung. Seine große Familie und viele Freunde hatten sich am Grab versammelt. Seine zwei kleinen Kinder und seine Frau standen stumm und fassungslos vor der ausgehobenen Grube mit dem weißen Sarg.

Wir machten der deutschen Botschaft klar, dass wir herausbekommen mussten, was geschehen war. Er war unser Kollege gewesen. Wir konnten das nicht so hinnehmen. Die Polizei lieferte keinerlei Erklärungen. Ob es überhaupt Nachforschungen ihrerseits gab, war völlig unklar.

Ich wurde in meinem Entsetzen darüber, dass man gewagt hatte, unseren Kollegen zu ermorden, nachdrücklicher. Schließlich bezog die deutsche Botschaft die EU-Delegation mit ein und man legte der Regierung eine Aufforderung vor, den Fall aufzuklären.

Nun wurde es langsam brenzlig für die ruandische Seite. Man wollte keine internationale Berichterstattung, nicht im Wirtschaftswunderland Ruanda. Nach ein paar Tagen informierte man uns, zwei Polizisten hätten ihn umgebracht, weil er sie beim Schmuggeln erwischt hatte. – Die beiden Polizisten wurden demonstrativ gefangen gesetzt.

Die Botschaften erkannten diese Erklärung an und legten den Fall ad acta.

Aber sowohl Transparency als auch meine Mitarbeiter und ich glaubten nicht an diese Bauernopfer-Präsentation. Wir waren wütend, auch auf die Botschaft.

Transparency forschte verdeckt weiter nach und fand schließlich heraus, dass es um einen groß angelegten Schmuggel von Diamanten aus dem Kongo nach Ruanda gegangen war. Die Diamanten aus dem Kongo wurden auf dem Weltmarkt als nicht sauber klassifiziert, es waren sogenannte „Conflict Diamonds", daher wurden sie von Ruanda aus vermarktet.

Gustave hatte das mitbekommen und sich dazu geäußert. Das hatte ihm das Leben gekostet. Die Polizei war auf höchster Ebene mit im Spiel bei diesem groß angelegten Deal, nicht nur die zwei kleinen Polizisten. Nachweisen konnte Transparency das nicht, niemand wollte öffentlich Zeugnis ablegen, man hatte ja gesehen, was einem dann passieren konnte.

Der Mord an Gustave hat mich noch lange verfolgt. Es war mir so, als hätten die Mörder es gewagt, über die Schwelle meines Hauses zu treten und den Mord unter meinen Augen zu begehen. Ich wusste, dass manchmal unliebsame Leute vom Geheimdienst umgebracht wurden. Ich wusste auch von solchen Fällen in anderen Ländern.

Aber dieses Mal war es mehr als eine schlimme Nachricht, von der man im Fernsehen hörte oder in der Zeitung las. Es hatte bei mir selbst, in meinem Team, stattgefunden.

Ich war bis ins Mark erschüttert.

Das Erbe
Deutschland, 2015

Meine Eltern starben kurz hintereinander, mein
Vater im November 2014 und meine Mutter im
Januar 2015.

Mein Bruder meinte, meine Mutter habe nach all
der Zeit, d. h. nach 60 Jahren Ehe, nicht mehr
ohne ihren Mann weiterleben wollen, aber das
glaube ich nicht. Wir wollten noch eine Kreuzfahrt
auf der Donau zusammen machen, meine Mutter
und ich. Das wollte sie seit vielen Jahren. Sie hat
im Altenheim jeden Tag dafür trainiert, ist mit
ihrer Physiotherapeutin die Treppe rauf und
runter gelaufen. Weil ein Schiff ja auch Treppen
hätte.

Und ist bei jedem Wetter mit dem Rollator einmal
ums Heim gelaufen, während die anderen
Bewohner drinnen kopfschüttelnd die Nasen an
der Scheibe plattdrückten.

Sie hat wohl am Tage vor ihrem Tode mit der
Zimmernachbarin einen drauf gemacht. Diese
meinte, sie könne gar nicht verstehen, wie meine
Mutter so plötzlich sterben konnte. Sie hätten
sich am Abend zuvor ein Likörchen gegönnt und
so viel gelacht wie schon lange nicht mehr. Der
eine oder auch andere Likör hat sich vielleicht
nicht so gut mit den Medikamenten vertragen, die
sie nehmen musste. Jedenfalls ist das meine mich
tröstende Deutung ihres plötzlichen Todes. Und

für sie wäre das ein schönes Ende gewesen, wie man so sagt.

Meine Mutter hat das Leben geliebt. Selbst im Altenheim hat sie die positiven Dinge gesehen, war im Beirat, hat Wünsche der Bewohner durchgesetzt, der Zeitung Interviews gegeben, sich von den Pflegern und Pflegerinnen umarmen und herzen lassen und mit meiner ehemaligen Lateinlehrerin ein Hochbeet bepflanzt. Ich habe sie damit aufgezogen, sie würde – endlich von der Hausarbeit befreit - noch Bürgermeisterin von Neheim.

Mein Bruder hörte als Erster, dass sie nachts gestorben sei. Er rief mich um 4 Uhr morgens in Paris an, wo ich für drei Tage war und meine Freunde Hiroko und Gérard traf. Ich war geschockt. Ich hatte am Abend noch mit ihr telefoniert. Am Morgen erzählte ich es Gérard weinend beim Frühstück.

Am gleichen Nachmittag fuhr ich zurück. Ich war wie betäubt.

Nicht bereit, meine Mutter zu verlieren. Heute noch rede ich mit ihr, wenn ich etwas Wichtiges zu entscheiden habe. Mit ihrem Foto über dem Esstisch an der Wand. Mein Vater und sie hängen da, schmunzelnd. Sie nickt mir zu und gibt mir zu verstehen, dass ich es schon richtig mache, dass ich sehen solle, dass es mir gut geht.

Nach der Beerdigung und dem Kaffee mit allen Verwandten besprachen mein Bruder und ich das

Ausräumen des Hauses. Ich war dazu nur einmal im Haus, ich arbeitete in Ruanda zu der Zeit. Ich fuhr für ein Wochenende nach Neheim und nahm mir vor, nur so viel mitzunehmen, wie in mein kleines Auto passte. Meine Mutter war nicht in diesen *Dingen.*

Zum Entsetzen meines Bruders hielt ich mich an meinen Vorsatz. Seine Frau drehte jede Backpulvertüte um, um nach dem Verfallsdatum zu schauen.

Zumindest konnten wir uns einigen, wie wir auswählen würden, was wir wollten. Wir wählten einfach abwechselnd aus.

Vieles war kaputt. Porzellan, Vasen waren oft angeschlagen und gehörten nur noch in den Mülleimer. Tischdecken hatten Flecken. Ich wählte vom Glas und Porzellan nur eine Kaffeekanne mit silberner Hülle, ein paar Vasen und Likörgläser aus Kristall aus, ich hatte keine Likörgläser.

Ich schaute den Globus an, auf ihm hatte ich mit dem Zeigefinger meine ersten weiten Reisen unternommen. Die Halterung war gebrochen, ich ließ ihn zurück. Ich reiste nun lieber in der Realität.

So ging es weiter, bis ich dachte, die ausgewählten Gegenstände würden gerade noch so ins Auto passen. So war es dann auch.

Mein Bruder meinte, ich müsse wiederkommen, aber ich war am nächsten Wochenende schon wieder in Ruanda und ich wollte auch nichts mehr.

Bewundert habe ich, wie mein Sohn David damit umgegangen ist. Er war als einer der Letzten allein im Haus und hat das mitgenommen, was seinen Großeltern wichtig war und nicht wie alle anderen, was sie selbst wollten. Er hat die Standuhr, ein paar von meinem Vater gemalte Bilder, weiße Trockenblumen vom Strauß im Flur und eine Flasche selbst gemachten Wein mitgenommen. Das hebe ich jetzt für ihn auf, auf dem Dachboden und in der Vitrine. Es hat mich sehr berührt, dass er erwachsener als wir alle gehandelt hat.

Überblick oder Oberstübchen
Deutschland, 2016

Überblick
Kennt ihr dieses Spiel, das man oft spielt bei irgendwelchen Seminaren oder Teambuildings? Da liegen eine Menge Postkarten auf dem Fußboden und man wird gebeten, sich eine auszusuchen, die einen anspricht. Um nachher darüber etwas Kluges von sich zu geben.
Der erste Gedanke ist dann *Hm, anspricht in welcher Hinsicht?* Man steht von seinem Stuhl auf und schleicht um die Karten herum. Man denkt, man solle sich schnell entscheiden, weil jeder andere ja genau **die** Karte, die man selbst auch für die einzig richtige hält, wegnehmen könnte. Man schleicht also schneller und denkt nicht mehr darüber nach, in welcher Hinsicht denn nun...
Man schnappt sich eine, die einem gefällt. So wie man jemanden sympathisch findet, bloß weil er gerade freundlich lacht.
Dann geht man zu seinem Stuhl zurück, schielt auf die, die die anderen gewählt haben und bereut auch schon seine eigene vorschnelle und dumme Wahl. Zweifel steigen in einem hoch. Ärger über das voreilige Handeln. Eine Minute hätte man doch noch gehabt.

Zurückgehen? Nein, das käme nicht gut. Lieber nachdenken, was man jetzt zu seiner Karte sagen soll.

Ich habe einen Baum gewählt, einen hohen, ziemlich imposanten.

Nun sind endlich alle fertig. Eine erste Person meldet sich und sagt etwas.

Da fällt mir ein, was ich sagen kann!

Ich habe diesen Baum gewählt, weil ich immer, wenn ich meine, im Chaos unterzugehen, hoch auf eine Baumkrone schaue und mir vorstelle, wie ich da oben sitze und wieder den Überblick gewinne. Das hilft mir sehr. Der Moderator nickt zufrieden und geht zum nächsten über.

Wochen später habe ich einen Termin beim Bereichsleiter Afrika. Hinter seinem Schreibtisch hängt ein Bild von einem Berg mit einer Statue darauf. Es gefällt mir.

Das ist ein schönes Bild, sage ich zum Bereichsleiter. Er lächelt und erklärt mir, er schaue immer darauf und stelle sich vor, da oben zu stehen, wenn das Chaos unten zu viel würde. Das würde ihm helfen, wieder klar zu sehen.

Das gleiche mache ich mit einem Baum, sage ich. *Ich habe ja nur ein Programm, Sie ganz Afrika, deswegen brauchen Sie wohl einen Berg!* Wir lachen beide und kommen dann zu unserem Thema.

Oberstübchen

Gibt es nicht diese userfreundliche Psychologisierung für die Leser von *Psychologie Heute*, die besagt, der Keller sei wie das Unterbewusstsein und der Dachboden wie das Oberstübchen = Synonym für Gehirn/Kopf? So wie es da aussähe, so sähe es in einem selbst aus.

Ich jedenfalls denke ab und zu darüber nach und beschließe jedes Mal, den Keller oder den Dachboden aufzuräumen, damit ich mich nachher klar und strukturiert durchs Leben bewege.

Welcher Teil von mir, oben oder unten, da wichtiger wäre, habe ich noch nicht entscheiden können. Meistens bleibe ich in einer Art Unentschlossenheit hängen ... wobei ich gestehen muss, dass eher Überlegungen, wie Temperatur in Form von *es ist jetzt zu kalt oder zu heiß, da oben/da unten aufzuräumen,* oder da sei es furchtbar staubig oder der Gedanke, dass mein Sohn alles mit einer Schicht seiner Dinge überhäuft hat, mich dazu bringen, das Aufräumen zu verschieben und stattdessen etwas Nettes zu machen.

Wenn ich es aber dann trotz aller Hindernisse einmal tue, fühle ich direkt, wie etwa mein Oberstübchen wie befreit durchatmet, wie froh ich wieder in die Welt schauen kann und wie gut es war, da für Ordnung gesorgt zu haben. Regelrecht stolz werde ich. Und beschließe freudig, bald auch meinem Unterbewusstsein diese Detox-Kur zu gönnen!

Der Schein
Deutschland, 2017

Ich kam von einem Besuch bei Freunden in Frankfurt. Es war schon spät. Ich rannte von der S-Bahn hoch, ich musste noch eine Fahrkarte nach Marburg kaufen. Der Zug wartete schon auf dem Gleis.

Glücklicherweise gab es einen Automaten direkt am Kopf des Gleises Nr. 14, wo mein Zug abfahren sollte. Ich gab Marburg ein und steckte neben Münzen einen 10-Euro-Schein in den Schlitz des Automaten. Postwendend kam er wieder raus. Ich steckte ihn ungeduldig wieder rein. Im gleichen Moment nahm ich einen äthiopisch aussehenden jungen Mann neben mir wahr.

Er stand unbeweglich knapp zwei Meter schräg hinter mir. Ich sah, wohin seine Augen schauten. Auf den Zehner, der gerade wieder aus dem Schlitz kam.

Ich steckte nun den Zehner zurück in mein Portemonnaie und stattdessen einen Zwanziger in den Schlitz.

Der junge Mann stand immer noch unbeweglich hinter mir. Er war sehr dünn und klein.

Inzwischen kam meine Fahrkarte aus dem Automaten und ich steckte sie ein.

Ich ging und spürte die Augen des jungen Mannes auf meinem Rücken.

Er hatte den Schein nicht an sich gerissen.
Vielleicht hatte er den ganzen Tag noch nichts
gegessen.
Warum habe ich ihm den Schein nicht gegeben?
Es ist über zehn Jahre her, dass das passiert ist.
Ich habe seine Augen nie vergessen.

Der schwarze Minister
Mauretanien, 2017

In Mauretanien war ein schwarzer Minister mein
„Counterpart", d. h. mein Partner auf
Regierungsseite.

Dass er schwarz war, spielte eine Rolle in diesem
Land, in dem die meisten wichtigen Leute weiße
Mauren waren. Mauren hatten das Heft in der
Hand, Schwarze waren früher die Sklaven
gewesen.

Zwar gab es offiziell keine Sklaven mehr, aber der
Umgang mit der schwarzen Bevölkerung war
deutlich ein anderer als der mit der weißen.

Das wirkte sich sogar auf das Verhalten der
deutschen Kollegen aus.

Mir hingegen war das Schwarze vertraut.

So wählte ich mir, eigentlich weil alle immer
schwarz gewesen waren während meiner langen
Arbeitsjahre in Afrika, gleich zu Beginn einen
schwarzen Fahrer aus. Seck.

Schon kurz darauf kam mein Vorgesetzter, ein
Deutscher, zu mir ins Büro, und riet mir, den
schwarzen Fahrer gegen einen Weißmauren
auszuwechseln. Ein Schwarzer könne im Ernstfall
keine Probleme lösen. Ich erwiderte spontan, das
könne ich selbst und bestand auf Seck, der später
einmal weinte vor Glück über meinen Schutz.

Und der unzählige Male mein Auto aus dem Sand
ausgrub.

Der Minister also war auch tiefschwarz, groß und noch ziemlich jung. Gut sah er aus. Er war eine Art Alibi-Minister. **Ein** Schwarzer musste sein. Sohn eines Clanchefs aus dem Süden. Vielleicht hatte der Clan den Weißmauren dabei geholfen, die Sklaven zusammen zu treiben.

Umweltminister war er. Da war nicht viel Schaden anzurichten und wenig Gewinn zu machen mitten in der Sahara.

Für das Meer war der Fischereiminister zuständig, ein Weißmaure, der den Chinesen das Meer mit den Fischen darin verkaufte. Das brachte etwas ein.

Im Prinzip war der Umweltminister ganz charmant. Wenn er auf dem Podium saß und mich im Saal sah, schaute er in meine Richtung, legte die rechte Hand auf sein Herz und neigte den Kopf.

Mein Vorgesetzter neckte mich gern mit ihm und fragte mich, wann wir heiraten würden.

Einmal in der Woche rief die Sekretärin des Ministers an und bat mich, rüberzukommen ins Ministerium, der Minister wolle mich sehen.

Meistens hatte ich schon Punkte gesammelt, die ich ihm erläuterte, und er hatte irgendwelche Anliegen, bei denen ich unterstützen sollte oder auch nicht … Ich durfte auch mal *Nein* sagen.

Wir kamen zurecht miteinander.

Bei öffentlichen Auftritten zollten wir uns sichtbar Respekt.

Dann aber kam ein spezieller Tag.

Ich brauchte einen neuen direkten Mitarbeiter seitens des Ministeriums in meinem Team. Ich wollte einen bestimmten, der gut war. Und auf keinen Fall einen anderen, der einer der übelsten Sorte war.

Nun war aber der Üble ein Schneeweiß-Maure mit den besten Beziehungen.

Ich hatte über einen eigenen Mitarbeiter, der beim Minister zu Hause ein und aus ging, diesen schon wissen lassen, wen ich wollte und wen nicht.

Aber dann kam der Tag. Der Minister rief mich persönlich an. Ich solle um 10 Uhr erscheinen. Weswegen sagte er nicht.

Als ich das Vorzimmer betrat, schaute die Sekretärin mich seltsam an und sagte, ich solle gleich reingehen. Mein Herz klopfte. Was war los?

Ich trat ein und sah, dass schon alle wichtigen Mitarbeiter des Ministers versammelt waren.

Etwa zehn Männer saßen mit ausdruckslosen Gesichtern im Halbkreis um seinen Schreibtisch herum.

Guten Morgen Exzellenz, guten Morgen miteinander! rief ich in die Runde. Ich ging auf den Minister zu, gab ihm die Hand und grüßte alle anderen mit einem Kopfnicken.

Setz dich, sagte der Minister zu mir und deutete auf den einzigen freien Stuhl im Halbkreis gleich neben ihm.

Wir haben etwas zu besprechen!

Er schaute mich vorwurfsvoll an.

So geht das nicht! Die Deutschen können mir doch nicht sagen, welchen meiner Mitarbeiter sie in ihrem Team wollen! **Ich** *muss das bestimmen. Du hast kein Recht dazu!*

Aber ... ich öffnete den Mund ...

Schweig! Ich bin entsetzt darüber, was du dir herausnimmst!

Aber natürlich entscheiden Sie, welchen Mitarbeiter Sie mir geben wollen, rief ich.

Du willst das bestimmen, schrie er mich nun böse an.

Ich wollte mich weiter verteidigen, da fiel mein Blick in die Runde. Alle grinsten fast unmerklich. Es fiel mir wie Schuppen von den Augen.

Es war eine Selbstverteidigungs-Inszenierung! Er wollte vor allen Mitarbeitern klarstellen, dass der ausgewählte Mitarbeiter für mein Team nicht **sein** Kandidat war! Er konnte nur mir die Schuld geben, er selbst hätte sich für den üblen mit den guten Beziehungen entscheiden müssen.

Exzellenz, das wird nie wieder vorkommen! Entschuldigen Sie bitte! Es tut mir wirklich leid, stotterte ich los.

Nie wieder will ich das erleben, erwiderte er nun ruhiger.

Ich schaute in die Runde. Erleichterung war in die Gesichter der Männer getreten.

Das Meeting ist beendet, rief der Minister, sprang auf und ging ohne weitere Worte aus dem Raum. Hätte er mich nicht vorwarnen können?

Ein dicker dunkler Stein
Mauretanien, 2018

Vor ein paar Jahren arbeitete ich noch in
Mauretanien, genauer gesagt in der Hauptstadt
Nouakchott. Selbst wenn ich, die ich dort zwei
Jahre verbracht hatte, diesen Namen jetzt lese,
kommt er mir exotisch vor.
In der Realität ist Nouakchott die hässlichste aller
Hauptstädte. – Von denen, die ich kennenlernen
durfte jedenfalls.
So war es kein Wunder, dass wir ständig
Fluchtgedanken hatten. Meistens wollten die
Älteren, zu denen ich auch gehörte, nach Europa,
sobald wir Urlaub hatten.
Aber irgendwann kam die Idee auf, vielleicht, weil
die Jüngeren fast ihre gesamte Freizeit dort
verbrachten, in die Wüste zu fahren. Man muss
dazu sagen, dass es erstaunlich war, erst nach
und nach auf diesen Gedanken gekommen zu
sein, ist doch Nouakchott nur auf einer Seite vom
Atlantik, auf den drei anderen Seiten aber von
Wüste umgeben. Wäre da nicht das Meer, könnte
man sagen, die Stadt liege mitten in der Sahara.
Als die Jüngeren hörten, dass die Älteren auch
endlich mal in die Wüste wollten, gab es jede
Menge Ratschläge. Nun waren sie uns einmal
voraus mit ihren Erfahrungen und redeten voller
Begeisterung auf uns ein.

Der Wüstenführer Muhamad wurde uns von allen Guides am meisten empfohlen. Er sei mit einer jungen Amerikanerin befreundet und hätte viel Verständnis für die Bedürfnisse der Weißen. Hm, nun gut. Vielleicht müsste man bei ihm nicht stundenlang auf einem Kamel reiten und dabei fast sterben von dem Gefühl, man würde mitten durchgerissen wie bei der Geburt eines Kindes, wie ich es einmal in Marokko erlebt hatte.

Wir planten unsere Reise zu siebt und nahmen also Muhamad als Reiseführer, mit zwei Geländewagen und einem Koch, der auch fuhr. Dass Muhamad einen Koch mitnehmen wollte, war uns schon mal sympathisch.

Diese Reise war für mich die schönste Zeit in den zwei Jahren in Mauretanien. Die Wüste war so abwechslungsreich, wie ich es mir nie hatte vorstellen können. Verschiedene Sand- und Gesteinsfarben und Formen lösten einander ab. Ruinen alter Wüstenstädte tauchten aus dem Nichts auf. Die Übernachtungen im Schlafsack unter dem klaren Sternenhimmel waren überirdisch schön.

Ein Tag ist mir besonders in Erinnerung geblieben.

Muhamad meinte, wenn es uns nicht stören würde, würde er gern seine Mutter besuchen, die nicht weit weg wohne. Bevor die anderen *Nein* sagen konnten, rief ich *Ja, natürlich, gern!* Ich war sehr neugierig. Muhamad wartete klugerweise nicht, was die anderen sagen würden und nach dem Frühstück fuhren wir los. Unterwegs telefonierte er mit dem Handy mit seiner Mutter. In Mauretanien hat man fast überall ein gutes Netz.

Wir fuhren den halben Tag durch unwegsames, steiniges und sandiges Gelände mehr oder weniger geradeaus. Weit und breit weder Straße noch Menschen oder gar Gebäude. *Muhamad, woher weißt du, wie du fahren musst?* fragte ich ihn. Muhamad sah mich verständnislos an.

Du hörst doch, ich telefoniere mit meiner Mutter! Sie ist ja eine Nomadin und lebt jedes Mal woanders, sie erklärt mir den Weg. Eben hat sie zum Beispiel gesagt, ich solle da vorne hinter der großen Düne ein bisschen nach rechts rüberfahren, da wo der dicke dunkle Stein liegt. Nach einer Weile kommt dann ein toter Baum, der quer zu unserer Fahrtrichtung liegt, den lassen wir links liegen.

Die ganze Zeit müssen wir uns Richtung Osten halten, sie ist in der Nähe des großen alten Brunnens, in dem kein Wasser mehr ist. Da, wo wir früher oft das Wasser hergeholt haben. Das weiß ich noch ungefähr.

Wenn Nacht wäre, würde ich das viel einfacher finden, dann könnten wir nach den Sternen fahren. Das ist das Eindeutigste. Aber meine Mutter hilft mir schon, wir finden sie.

Wir fuhren weiter und tatsächlich, da lag ein abgestorbener Baum im Weg. Muhamad schwenkte nach rechts. Der Koch mit dem zweiten Auto fuhr hinter uns her.

Nach einer halben Stunde wieder ein Telefonat. Muhamad lachte und meinte, wir sollten mal genau hinschauen, direkt vor uns befinde sich das Zelt seiner Mutter. Ich kniff die Augen zusammen. Da war ein dunkler Punkt in der Ferne. Ein Zelt? Und nur eines?

Wir fuhren weiter auf den Punkt zu. Bald konnte ich ihn als Zelt erkennen.

Wir fuhren bis genau davor und stiegen aus. Eine Frau in traditionellen Gewändern schritt aus dem Zelt auf uns zu, und Muhamad stellte sie uns als seine Mutter vor. Sie begrüßten sich lachend. Sie schien mir unglaublich jung zu sein, als wäre es seine Schwester.

Er stellte uns alle vor. Sie lud uns in ihr Zelt ein und machte Tee für uns auf einem kleinen Gaskocher. Vor dem Zelt stand eine Solarpaneele, ein Geschenk ihres Sohnes. So hatte sie Strom und konnte ihr Handy aufladen.

Nach ein paar Minuten kamen andere Nomaden, ihre Zelte standen wohl in gebührendem Abstand verstreut. Sie hatten unsere Ankunft mitbekommen und wollten uns auch begrüßen.

Tiwi
Mauretanien, 2018

In Mauretanien erbte ich einen alten, kranken
Hund. Tiwi war sein Name, nach dem Dorf Tiwilit,
wo mein Vorgänger Klaus ihn verletzt am
Straßenrand gefunden hatte. Ein Auto war ihm
über beide Hinterbeine gefahren. Klaus hatte ihn
auf Bitten seiner Frau ins Auto gepackt und mit
nach Hause genommen.
Als ich Klaus' Haus übernahm, übernahm ich
auch den Hund. Eigentlich passte es mir nicht.
Der Hund war abgrundtief hässlich, alt und
krank.
Schließlich war Klaus' letzter Tag in Mauretanien
gekommen. Wir feierten auf der Dachterrasse
seinen Abschied. Danach würde ich in dem Haus
leben. Ich hatte bereits im Hotel ausgecheckt.
Meine Koffer standen schon unten im Hausflur.
Es war ein kurzer Abschiedsabend, bald musste
Klaus zum Flughafen. Die anderen Gäste und ich
brachten ihn zur Gartenpforte und wünschten
ihm alles Gute.
Als ich mich umdrehte, stand der Hund vor mir
und schaute mich an.
Er hatte genau verstanden, was passierte. Seine
Augen sagten es mir deutlich. Ich blieb stehen
und sagte *Weg ist das Herrchen, das ist dir klar,
was? Jetzt musst du mit mir vorliebnehmen.*

Tiwi schaute mich weiter unbeweglich an. Auch das hatte er wohl verstanden. Dann zog er hinkend ab Richtung Garage zu den Nachtwächtern. Ich ging schlafen.

Am nächsten Morgen vergaß ich zunächst, dass ich einen Hund hatte. Ich frühstückte auf der Dachterrasse, machte mich fertig und ging dann runter, um ins Büro zu fahren. Da stand er wieder vor mir und schaute mich an. Ich erschrak über meine Vergesslichkeit. Ich musste ihn füttern! Ich gab ihm Trockenfutter aus dem Vorrat und Wasser. Er schaute dankbar zu mir hoch und begann zu fressen.

Nach wenigen Tagen folgte er mir auf die Dachterrasse, wo ich Frühstück und Abendessen zu mir nahm. Es war nicht leicht für ihn, die steile Treppe hochzuhüpfen, die Hinterbeine hinter sich her schleifend. Aber er tat es jeden Tag, sooft ich hoch ging. Zum Dank gab ich ihm extra etwas. Sardinen aus der Dose. Oder einen Knochen. Ein Stückchen Fleisch.

Auch abends saßen wir oft gemeinsam auf dem Dach. Er wuchs mir ans Herz und hing sehr an mir. – Aber nicht wie ein Kind, sondern wie ein Großvater.

Seine Gebrechen erweckten mein Mitgefühl, und irgendwie schien auch er Verständnis für meine Nöte und Sorgen zu haben. Er hatte eine tiefe innere Ruhe, die ansteckend war. Er bellte nie.

Als ich Mauretanien nach zwei Jahren verließ, habe ich ihn am meisten von allen und allem vermisst.

Wassergeister
Deutschland, 2020

Erster Blick

Als ich 1975 nach Marburg kam, war sie schon
da, die Lahn. Sie und das Schloss. Beides klare,
feste Bezugspunkte.
Wie oft habe ich seither die Lahn betrachtet, sie
überquert, bin an ihr entlang gegangen, habe an
ihr gesessen, gestanden, gefeiert, sie fotografiert,
Besuchern gezeigt, bin Boot auf ihr gefahren.
Dennoch, als ich heute auf der Brücke stand und
ins Wasser schaute, sah ich etwas, was ich noch
nie gesehen hatte: Wassergeister!
Wie anders soll man sonst all die kleinen
Bewegungen im Fluss erklären? 1000
verschiedene Bewegungen.
Jetzt sitze ich am Ufer und schaue sie mir näher
an, die Geister, die in der Mitte des Flusses eilig
vorbeihuschen. Flache, große, lange Geister, die
in der Mitte von nichts gestört werden. Dort
haben sie Tiefe zur Verfügung, stoßen mit keinem
Hindernis zusammen, gehen, nein, rennen ihrer
Wege.
Rechts und links der Mitte bewegen sich kleine,
chaotische Geister. Bestimmt haben sie sich diese
Plätze mit Absicht ausgesucht. Sie laufen
schaumwellig gegen dicke Steine des Flussbettes.
Stolpern ohne Unterlass. Es brodelt und rauscht
und glitzert und wahrscheinlich schaffen sie es in

einigen Tausend Jahren, die dicken Steine zu schleifen, zu unterhöhlen, abzutragen.

Ihr stetes Fließen, ihr tagtäglicher Kampf werden irgendwann Erfolg haben, das wissen sie und deswegen toben sie unermüdlich weiter.

Dann gibt es die etwas Zögerlichen, die noch weiter am Rande schwimmen, die dort einen ruhigeren Weg finden, um einen kleinen Holzzaun herum, links darum etwas eiliger, rechts herum ruhiger, friedlicher, sich einen Blick auf das Ufer gönnend. Auf die hängenden Zweige der Weiden, die Kieselsteine am Ufer, die spielenden Kinder, die träumenden Erwachsenen, die picknickenden Jugendlichen.

Nach zwei, drei Blicken auf die Uferlandschaft jedoch haben sie genug davon und schwimmen in einem kleinen Bogen wieder in Richtung Mitte des Flusses und weiter, immer weiter.

All diese Geister sind völlig verschieden voneinander, nicht nur im Tempo, im Temperament, auch in der Farbe, im Geräusch, in der Form.

Fast könnte man meinen, so verschieden wie Menschen.

Natürlich haben sie auch einen Charakter. Sie tun Gutes oder Böses. Oder Übermütiges.

Sie kühlen, sie erfrischen, sie dringen in Keller ein, sie bringen Boote zum Kentern, sie spielen mit Füßen, die sich ihnen nähern. Sie lassen sich von der Sonne wärmen oder verstecken sich im

Winter vor der Kälte unter einer Eisschicht. Sie tränken Vögel und Insekten, sie beruhigen mit ihrem Rauschen und Gluckern, mit ihrem immerwährenden Dasein.

Sie waren vor mir da und werden nach mir da sein, das hoffe ich jedenfalls.

Zweiter Blick

Wenn sie aus dem Wasser steigen, die Wassergeister? Wie könnte das aussehen? Bestimmt könnten sie das am einfachsten schaffen, wenn das Wasser über die Ufer tritt. Dann könnten sie an Land springen und sich am Gras festklammern oder an den herabhängenden Zweigen der Weiden. Sie könnten sich umschauen und ihrer Neugier frönen. Eine Weile bleiben und das ihnen so fremde Milieu bestaunen. Es könnte nachts sein, so würde die Dunkelheit ihnen Unsichtbarkeit verleihen.

Ein kleines Mädchen im Rüschenbikini ist jetzt ins Wasser gestiegen. Ob sie auch schon von den Geistern gehört oder sie gar gesehen hat? Sie tastet vorsichtig mit ihren Füßen über die Steine im Fluss, ab und zu bückt sie sich, nimmt einen Stein auf, dreht ihn in der Hand, betrachtet ihn und wirft ihn wieder rein. Sie scheint noch nicht gefunden zu haben, wonach sie sucht. Aber es liegt noch ein langer sonniger Tag vor ihr.

Ihre Mutter hat ein beschützendes Auge auf sie. Sie lässt sie nicht zu den schnellen Geistern der Flussmitte vordringen.

Jetzt hat das Mädchen etwas gefunden. Eine Scherbe. Sie legt sie auf einen Zaun. Noch eine. Nun hebt sie einen dicken Stein auf. Wirft ihn an eine andere Stelle.

Schon haben es die Geister bemerkt, suchen sich einen neuen Weg, schäumen anders. Wie schnell sie sind, wie anpassungsfähig! Um jede kleine Veränderung herum finden sie im Nu einen neuen Weg.

Fast sieht es so aus, als könnten sie das besser als Menschen. Nichts bremst sie. Sie schwimmen immer weiter.

Sie kommen zum Rhein, zum Meer, in andere Meere. Sie brauchen kein Auto, keine Bahn, kein Flugzeug, keinen Pass.

Die rosarote Brille
Deutschland, 2021

Mit zunehmendem Alter werde ich immer zufriedener.
Nicht gesteuert, sondern es passiert einfach.
Manchmal denke ich darüber nach, warum das so ist.
Manchmal betrachte ich es kritisch.
Manchmal, wenn ich anderer Unzufriedenheit erlebe, freue ich mich darüber, wie gut ich mich fühle.
Sehe ich die Dinge durch eine rosarote Brille, wie eine Freundin mir neulich vorwarf?
Oder habe ich meinen Frieden mit vielem gemacht, was ich früher nicht so einfach konnte?
Habe ich anderen vergeben und auch mir vergeben?
Angefangen hat es damit, dass vor vielen Jahren, es muss etwa 2013 gewesen sein, ein Therapeut, den ich nach einem schlimmen Vorfall in meinem Berufsleben aufsuchte, mich nach der Aufarbeitung des Vorfalles – weil noch Zeit war – nach meinen Eltern fragte.
Woraufhin ich sofort begann, mich über diese zu beklagen. Wie ich es immer wieder getan hatte seit meiner Pubertät bis hin zu diesem Zeitpunkt im Alter von Ende 50.

Am Ende meines Klagens schaute er mich an und fragte in sehr sachlichem Ton

Was schulden Ihre Eltern Ihnen denn noch?

Mir fiel die Kinnlade herunter, alles in mir stockte, als hätte man bei einem elektrischen Gerät den Stecker herausgezogen.

Ich schaute ihn sprachlos an, völlig leer im Kopf.

Nichts, dachte ich schlagartig.

Na, meinte er, *die Stunde ist jetzt auch rum. Wenn es nichts mehr gibt, beenden wir unsere Sitzungen erst einmal. Melden Sie sich wieder, wenn Sie meinen, Sie brauchen wieder ein paar Stunden.*

Ich verabschiedete mich und ging.

Das war genau der Punkt, von dem aus sich meine Zufriedenheit entwickelte.

Der Weg
Deutschland, 2022

Ich habe dich, Hideo, um drei Wörter gebeten, um
eine Geschichte für dich zu schreiben, und du
hast mir welche gegeben. Drei schwierige,
umfassende, fast philosophische Begriffe.
Vergangenheit, Gegenwart und Zukunft.
Ich weiß nicht, ob du sie mir spontan gegeben
hast oder ob du dir dabei etwas gedacht hast. Wie
auch immer, hier ist die Geschichte!
 Sie heißt *Der Weg*, wie du oben schon gesehen
hast.
Du kennst den Weg. Es handelt sich um meine
kleine Runde, die ich meistens gehe, wenn ich
allein unterwegs bin. Dann möchte ich nämlich
einfach nur gehen und nachdenken und das
kann ich am besten auf einem „ausgetretenen
Pfad".
Ich beginne mit der *Vergangenheit.*
Ich erinnere mich an zwei Male, die ich dort mit
dir entlang gegangen bin.
Das erste Mal, um dir den Weg zu zeigen. Ich
habe dir erzählt, dass meine Freundin Daggi mir
den Weg gezeigt hat, dass sie gesagt hat, sie wäre
ihn schon so viele Male gegangen, allein, mit
ihrem Mann, mit den heranwachsenden Kindern,
im Streit, mit Freude, müde, in Frieden ... Auch
für sie ist es anscheinend ein wichtiger Weg. Du
hast gemeint, es sei ein schöner Weg.

Es war so grün, als ich ihn zum ersten Mal mit dir ging. Die Vögel zwitscherten und die Bäume ragten hellgrün in den Himmel. Wir gingen verliebt Hand in Hand nebeneinander her und waren glücklich.

Ein zweites Mal war es im Dunkeln, im Sommer, spät, wir hatten uns gestritten, ich glaube, es war, als du immer Pokémon-Monster gejagt hast. Ich war sauer auf dich. Ich habe, da es so dunkel und unheimlich war, deine Hand ergriffen und dabei gesagt, das sei aber jetzt nicht aus Liebe, sondern weil ich Angst hätte. In Wirklichkeit hatte ich keine Angst, ich bin kein besonders ängstlicher Mensch. Ich wollte nicht länger sauer auf dich sein, ich wollte, dass du etwas Nettes sagst, was du aber nicht getan hast. So habe ich deine Hand nach einer Weile wieder losgelassen. Ich erinnere mich auch deutlich an ein drittes Mal ohne dich. Ich war allein an einem lauen Sommerabend unterwegs und habe bunte Heißluftballone am Himmel gesehen, in dem schmalen letzten Stück des Weges. Ich habe sie fotografiert und dir die Fotos geschickt. Ich weiß nicht, ob du dich erinnerst. Es ist viele Jahre her. Es war ein so schöner Abend und ich hatte solche Sehnsucht nach dir.

Nun die *Gegenwart.* Ich ging wieder einmal diesen Weg, allein, im Schnee, es war sehr kalt, minus 9 Grad.

Es waren sehr wenige Menschen unterwegs, weil es eben viel zu kalt war. Es schien auch keine Sonne. Morgens hatten wir lange telefoniert. Das hatte mir ein anderes Gefühl gegeben als die kurzen Anrufe, nach denen ich immer in ein tiefes Loch gefallen war. Dieses Mal dagegen war es schön gewesen.

Es erscheint mir sehr seltsam, dass du selten so lange mit jemandem telefonierst, wie du sagtest. Ich tue das oft.

Das war die Gegenwart. Wir hatten wieder Kontakt. Wir sprachen miteinander.

Die *Zukunft?*

Als ich dir die Geschichte schrieb, war das Ende noch offen, jetzt nicht mehr. Es wird keine Zukunft für uns mehr geben.

Der Weg hingegen, er bleibt immer da und ich geh ihn weiter.

Die Kur
Deutschland, 2022

Nach jahrelangem, ach was sag ich,
jahrzehntelangem nutzlosen Jammern und
Klagen, ich wolle mal eine „Kur" machen, aber
leider hätte ich ja keine Zeit dafür, kam es endlich
dazu, im Oktober dieses Jahres, als es schon gar
nicht mehr Kur hieß, sondern Reha, ein meiner
Meinung nach irreführender Begriff. Mir jedenfalls
stand der Sinn nach lat. curare = heilen, d. h., ich
wollte wie neugeboren, geheilt von all meinen
Wehwehchen, jugendlich frisch, aus dem Ding
wieder herauskommen.
Das lange Warten hatte sich gelohnt, das war
mein erster Eindruck. Ich durfte nach Prerow an
die Ostsee, auf eine Landzunge zwischen Bodden
und Meer.
Beim Auffahren auf die Landzunge oder
Halbinsel, früher mal drei Inseln, die durch
Menschenhand und Sturmfluten
zusammenwachsen sind – man nennt die Gegend
auch Fischland-Darß-Zingst nach eben diesen
ursprünglich drei Inseln – öffnete ich das Fenster
und atmete tief ein, meinte, die Meeresluft zu
riechen, den Hauch von Salz in der Luft. Mein
Herz machte kleine Hüpfer. – Ich war am Meer!
Nicht in einem kleinen Dorf in Hessen, wohin ich
auf keinen Fall zur Kur hatte gehen wollen,
sondern am Meer! Meer, das ist doch etwas ganz

Besonderes! Meer, das mit allen anderen Meeren
verbunden ist! Man sagt zwar, es sei ein
Binnenmeer, aber dennoch ist es verbunden mit
allen Meeren der Welt. Es ist sozusagen ein
„Weltmeer".

Noch am ersten Abend, ich hatte die Koffer noch
nicht ausgepackt, lief ich aufgeregt, bevor es
dunkel wurde, los, durch ein kleines
Kiefernwäldchen über den Deich Richtung Meer.
Ich musste es sehen, nicht nur riechen. Die
Kurklinik – ich bezeichne meinen Aufenthalt dort
stur weiterhin als Kur – lag direkt hinter dem
Dünengürtel. In weniger als fünf Minuten war ich
am weißen Sandstrand und schaute über das
Wasser, über die endlose Wasserfläche bis dahin,
wo sie mit dem Himmel zusammentraf. Es war
grau bei meinem ersten Besuch, aber nicht
eintönig grau, sondern mit dahinfliegenden
Wolkenfetzen und Lichtflecken dazwischen und
mit kreischenden Möwen, die sich in die Wellen
stürzten oder im Sand standen und sich
ausruhten von anstrengenden Sturzflügen des
Fische-Fangens im Wind.

Mein Kopf wurde innen ganz weit, ich schaute wie
ein Kapitän mit durchgedrückter Wirbelsäule, die
Hände hinterm Rücken, in die Ferne: Dort lagen
Kopenhagen, Schweden, Norwegen, Spitzbergen,
der Nordpol! Nun wurde auch mein Herz ganz
weit und ich freute mich noch einmal mehr,
durch den ganzen Körper hindurch.

Hier durfte ich nun ein paar Wochen verbringen! Nichts könnte jetzt besser sein. Lächelnd drehte ich mich um und ging zurück in die Klinik, packte aus, war mit meinem großen hellen Zimmer mit Blick auf einen herbstlich gelb leuchtenden Ahorn vor meinem Fenster zufrieden, setzte mich in den Sessel und schaute mich um. Alles war zweckdienlich, einfach und passend. Meine Gedanken schweiften in die Zukunft. In Hotelzimmern oder auch in diesem Klinikzimmer stelle ich mir immer vor, im hohen Alter so ähnlich zu wohnen. Dabei gehe ich alles durch, habe inzwischen sehr klare Vorstellungen, was ich haben möchte an meinen letzten Wohnplatz. Was ich brauche in solch einem Zimmer, ist eine Bücherwand. An allen Wänden können Bücher sein. Dann ein bis zwei Kochplatten, ein bisschen Geschirr für vier Personen auf einem Bord, ein kleines Schränkchen für ein paar Vorräte, eine hübsche Decke auf dem Bett, Kissen zum Anlehnen für die Gäste, ein paar Blumen, neben dem normalerweise vorhandenen Stuhl einen bequemen Sessel. Statt des komischen Schreibtisches ein Kaffeetischchen, nicht zu niedrig, zum Essen geeignet. Natürlich persönliche Bilder. Einen Teppich.
Einen Balkon, damit ich spontan und allein, ohne Blicken ausgesetzt zu sein, zum Beispiel im Schlafanzug, nach draußen gehen kann.

Auch, um mich um etwas kümmern zu können, wie etwa Pflanzen auf dem Balkon.

Eine äußerlich kleine überschaubare Welt, leicht zu bewältigen, den Rahmen für ein sorgenfreies älteres Leben bietend.

So war es dann auch in der Klinik. Es gab Frühstück, Mittagessen, Abendessen, nachmittags Kaffee und Kuchen in der Cafeteria unten, wenn man das wollte. Abends wurde dort die Bar geöffnet, mit einem wohlsortierten Sortiment, mit lokalen Spezialitäten wie Sanddornpunsch. Freitags wurde Livemusik gespielt. Auch gab es einen Kiosk mit den wichtigsten Dingen, einen Friseur mit Kosmetikstudio und Pediküre, eine Bücherwand, ein Klavier, ein Schwimmbad und eine Sauna. Lediglich die Sauna war wegen Corona geschlossen.

Verschiedene frische Brötchen am Morgen. Mittwochs und sonntags ein Ei, donnerstags Leberwurst, freitags Kartoffelsalat, montags Sülze. Die kleinen Freuden kämen zuverlässig, erzählten uns die, die schon länger dort verweilten.

Zwischen die pünktlichen Mahlzeiten waren die Therapien drapiert, ein leichtes Dahinturnen mit Bällen oder Hula-Hoop-Reifen, Physiotherapie mit dem Verbiegen meines linken Beines in alle Richtungen, Ernährungsberatung, Hydrojetmassage, Wärme auf der Sandliege, Nordic Walking, Arztbesuche, Schwimmen im 31°

warmen Wasser, Spaziergänge, Wochenendausflüge in die Umgebung, wie Hiddensee, Kranichbeobachtung auf dem Bodden, Stralsund, Ahrenshoop, Barth, Zingst, Rostock, Wustrow und immer wieder das Meer. Von der nahe gelegenen sogenannten Hohen Düne aus sah man gleichzeitig Bodden und Meer. Von da habe ich gern telefoniert, mein Kopf im Wind, meine Augen 360° herumschweifend über Kiefern und Schilf und Wasserflächen.

Es wurde geputzt, die Bettwäsche gewechselt, der Müll herausgebracht.

Es war alles organisiert. Ich lebte sorglos wie ein Kind vor mich hin. Zwischendurch las ich ein bisschen.

Kirchhoffs *Bericht zur Lage des Glücks* habe ich ausgelesen, ich war beeindruckt und gefangen, seine Sprache ist so differenziert, da könnte ich lange in mir suchen, das wird mir wohl nie so gelingen. Da ist nichts so differenziert Aussprechbares in meinem Kopf. Viel zu viel im Kreis denken. Viel zu viel Unwichtiges in Brei-Form. Sprachlosigkeit im Vergleich zu ihm, obwohl ich anderen oft Sprachlosigkeit vorhalte. Einige manchmal noch sprachloser als mich empfinde. Alles relativ.

Ein kleiner Wermutstropfen war die Dritte beim Essen am Tisch: Eine unter Sprachdurchfall leidende ältere Dame, die nichtssagend schwätzte, *mein Mann hat gesagt, ich sage, meine Tochter hat gesagt, meine Cousine hat gesagt, der Arzt hat gesagt ...* sich beschwerte, immer neue Gründe suchte, um sich zu beklagen.

Aber die zweite am Tisch war drei Wochen lang Susi, eine bunt tätowierte junge Frau. Warum muss ich das mit dem Tätowiert-Sein sagen? Hatte ich nicht schon meine Vorurteile diesbezüglich ablegen müssen bzw. abgelegt? Susi jedenfalls mit ihren frischen 39 Jahren, aussehend wie 25, mit schwarzen Haaren und blauen Augen, Mutter einer erwachsenen Tochter, freundlich und frühmorgens schon geschminkt und winkend im Flur war stets ein erfreulicher Anblick. Mit Susi gab es gute Gespräche, am Tisch, bei Wochenendausflügen, im Schwimmbad. Dass Susi an meinem Tisch saß und bei Unternehmungen dabei war, hat sehr zum Kur-Wohlgefühl beigetragen. Letztendlich kommt es auf die Menschen an, nicht? Mein Freund Klaus aus Hamburg, der zu Besuch kam, nannte sie Susi Sonnenschein und das war ein passender Ausdruck! Leider ist sie eine Woche früher als ich abgereist.

Nach Susi kam eine neue „Zweite" an den Tisch. Astrid. Sie war etwa so alt wie ich, und sie war freundlich und weise. Lange hatte sie als Köchin in einer LPG gearbeitet, dann nach der Wende als Waldarbeiterin, was sehr hart gewesen sei bei minus 15 Grad im Winter. Sie habe manchmal geweint. Sie hatte vier erwachsene Söhne und seit

138

50 Jahren einen muffeligen Mann, der sich nie um irgendetwas gekümmert habe. Immer weg war. Im Wald bei der Jagd. Sie habe gearbeitet und die vier Jungs praktisch allein großgezogen. Ich habe auch mit ihr etwas unternommen, und wir konnten uns gut unterhalten. Wie heil sie geblieben war bei ihrem schweren Leben! Es war schön mit Susi und Astrid, die beide so anders waren und so offen.

Manchmal saß ich auch in der Stille meines Zimmers. Kein Laut von außen zu hören, nur das Rauschen der Bäume vor dem Fenster. Der Blick zum Fenster heraus zeigte mir, wie sich die hohen Kiefern oft heftig im Winde bewegten. Nachts höre man auch das Meer rauschen, meinte man bei Tisch. Aber für mich waren es nur die hohen Kiefern, die da so rauschten.

Nach Kirchhoff las ich das neue Buch von Schlink *Die Enkelin*. Er macht es einem leichter als Kirchhoff, darin zu versinken.

Dann waren da noch Klaus' Kindheitserinnerungen. Klaus, der schreibt wie ein Lehrer, aber das nicht hören will. Der in Bezug auf das Schreiben jemand anderes sein will, ein echter Schreiberling eben. Ich enttäuschte oder verärgerte ihn, als ich ihm schrieb, er höre sich eben an wie der, der er sei. Dass das doch völlig in Ordnung sei.

Dann ein verregneter Sonntag mit Geschichtenschreiben und Stille. Einfach und schön.

Körperlich spürte ich in den vier Wochen keinerlei Verbesserung meiner Arthrose, aber es machte mir Spaß, die Treppen rauf und runter zu hüpfen, die langen Gänge auf der Suche nach der richtigen Raumnummer zu durchlaufen, immer mit einem *Guten Morgen* oder *Hallo* oder *Mahlzeit* auf den Lippen, hin zu einer Zuwendung für meinen Körper, einem leichten Turnen oder einer Magnetfeldtherapie, immer nur 20 Minuten, keine Anstrengung, eher eine freundliche Unterbrechung nach der anderen. Meine Seele hüpfte bald wie meine Füße, ohne Alltag, ohne Sorgen beschwingt durch die Flure.

Der Zauberberg fiel mir manchmal ein. Einen Berg gab es nicht, bis auf den Deich war es flach wie ein Brett da oben, aber dennoch irgendwie verzaubert.

Zum Abschluss sagte noch der nette arabischstämmige Orthopäde zu mir, ich solle nicht abnehmen. Erstaunt schaute ich ihn an. Wann hatte das schon mal jemand zu mir gesagt? *Warum nicht?* fragte ich ihn. *Wenn Sie fallen, fallen Sie weicher, Sie sind gut gepolstert, da brechen Sie sich nicht so schnell die Knochen,* sagte er und schaute mich lächelnd an.

Was für ein Luxus so eine Kur doch ist ... dachte ich.

Mein Sohn sagte am Telefon zu mir *Das hast du dir verdient*, aber ich bin mir da nicht so sicher. Womit sollte ich mir das verdient haben? Ging es mir nicht meistens gut in meinem Leben? Zwar gab es verzweifelte und traurige Momente, ja sogar dunkle Zeiten, aber im Rückblick ist meine Bilanz positiv. Und das sagen zu können, ist doch wunderbar. Und somit war die Kur eine unverdiente Leichtigkeit des Seins, nicht wahr? Wie ein süßes Baiser-Törtchen.

Da habe ich jetzt etwas teil-zitiert ohne mich überhaupt nur im Geringsten an den Inhalt von Milan Kunderas *Unerträgliche Leichtigkeit des Seins* zu erinnern. Ich werde zu Hause nachschauen.

Nach vier Wochen war es trotz aller Sorglosigkeit lange genug. Ich wollte mich weiterbewegen. Nicht unbedingt nach Hause, aber warum nicht nach Hause? Heim in die Adventszeit. Zum Geburtstag einer Freundin.

Ein letztes Mal ging ich ans Meer, das immer weiter rauschte und hin und her strömte und Schaumkrönchen hatte.

In der festen Absicht, nach vier Jahren das Abenteuer „Kur" zu wiederholen, fuhr ich nach Hause zurück. Vielleicht das nächste Mal auf einen Berg?

Die Kakerlake
Lesung in Deutschland, 2022

... oder der Kakerlak ... da beginnt schon das
Rätsel um das Tier ... er oder sie? Im Deutschen
geht beides.

Ich muss Sie warnen, ein eher Abscheu
erregendes Thema, die Betrachtung der Kakerlake
im eigentlichen und im übertragenen Sinne,
vielleicht auf den ersten Blick nicht so ersichtlich,
in welchem Umfang man sich mit ihr beschäftigen
kann.

Zunächst einmal einfach ein schwarz-braunes
Insekt mit haarigen Beinen, weder besonders
schön anzusehen wie etwa der getupfte
Marienkäfer mit Glückssymbolcharakter noch
besonders interessant wie der Kügelchen rollende
Mistkäfer oder gar so beeindruckend wie der
imposante Hirschkäfer. Es handelt sich auch
nicht um einen Käfer, sondern um eine Schabe.
Wohlgemerkt, nicht die kleine Küchenschabe, wie
sie in Deutschland vorkommt, sondern ein
Exemplar von circa 5 cm Länge. Solche Ausmaße
hat sie in Afrika oder anderen tropischen
Gefilden.

Ich sehe, wie Sie sich schütteln und mich mit
Unverständnis und angewidertem Blick
anschauen, das Ganze wohl eher unpassend für
eine Sommerlesung finden ... aber laufen Sie
nicht weg, man muss der Wahrheit ins Auge

schauen, die Kakerlake gibt es nun mal, auch wenn Sie hier so gemütlich sitzen beim Kaffee oder Tee und Sommerleichtigkeit.

Fragen Sie sich, was der Unterschied zwischen Käfer und Schabe ist? Ich nicht, es ist mir egal. Aber was für ein Tier ist nun die Kakerlake?

Seit Millionen von Jahren leben die Kakerlaken schon auf unserem Planeten und teilten sich ihr Revier bereits mit Dinosauriern.

Sie sind ein potenzieller Krankheitsüberträger mit gefährlichen Erregern im Gepäck, wie Salmonellen, Hepatitis, Tuberkulose, Milzbrand und anderen angsteinflößenden Infektionen. Mit ihrem Kot kontaminieren sie unsere Lebensmittel.

Im Schutz der Dunkelheit laufen die Biester zuerst durch Abwasserrohre, über dreckige Böden und verschmutzte Toiletten. Anschließend flitzen sie über Besteck, Geschirr, Bettwäsche und Vorräte, wo sie die Keime verteilen.

Trotz langer Flügel kann die Kakerlake nur sehr begrenzt fliegen. Diesen Nachteil macht das Insekt wett mit einem Lauf-Tempo von satten 5 km/h.

Weibchen produzieren jeweils bis zu 150 Eier, woraus ein großes Vermehrungspotenzial resultiert.

Nach Sichtung einer Kakerlake sollte man nicht einfach zur Tagesordnung übergehen. Auf **eine** erspähte Kakerlake kommen durchschnittlich 200 verborgene Exemplare.

Die Kakerlake ist ein auch echter
Überlebenskünstler:

- Ausgerissene Gliedmaßen wachsen
  nach. Beine zum Beispiel binnen
  10 Tagen.
- Sie sind zwar nicht immun gegen
  radioaktive Strahlung, können aber
  viel höhere Dosen verkraften als
  Menschen. So hat man in
  Tschernobyl nach der nuklearen
  Katastrophe lebende Exemplare
  gefunden.
- Sie können 40 Minuten ohne Luft
  überleben und 30 Minuten unter
  Wasser.
- Das stärkste jedoch: Bis zu einer
  Woche können sie ohne Kopf
  weiterleben. Das kann ich zwar
  nicht durch eigene Anschauung
  bestätigen, habe es jedoch in
  mehreren zuverlässigen Quellen
  gelesen.

Nun hat vielleicht jeder schon mal ein Huhn
weiterlaufen sehen, nachdem ihm der Kopf
abgeschlagen wurde ... aber wie weit, wie lange?
Ein paar Meter, eine Minute.
Eine Langzeit-kopflos-Kakerlake hingegen wäre
ein echter Zombie-Filmheld. Eine Untote. Oder
ein Untoter.

Die Kakerlake ist in verschiedenen Kulturen und Sprachen mit Symbolik behaftet. In Mexiko hat sie es sogar zu einem Lied gebracht.

Kennen Sie *La Cucaracha, la Cucaracha*?

La Cucaracha ist ein spanisches Volkslied. Es wurde zum mexikanischen Revolutionslied, dessen Refrain vermutlich auf General Victoriano Huerta anspielt. Den nannte man aufgrund seines Alkohol- und Drogenkonsums *La Cucaracha*.

Im Französischen findet man gleich mehrere Bedeutungen. *Le cafard* heißt sowohl Küchenschabe oder Kakerlake als auch Missstimmung, Heuchler, Denunziant.

J'ai le cafard wörtlich *Ich habe die Kakerlake*, heißt, dass ich deprimiert bin oder schlechte Laune habe.

Als ich meiner Freundin Hilke, die lange in Afrika gelebt hat, erzählte, ich wolle etwas über die Kakerlake schreiben, meinte sie, sie hätte in ihrem Leben schon viele erschlagen, weil sie sie so eklig finden würde. Sie hätten zum Beispiel in ihrer Kleidung gesessen, wenn sie sich anziehen wollte. Sie hätte vor Entsetzen geschrien, wenn sie sie auf der Haut gespürt habe, und immer habe sie versucht, sie zu erschlagen. Wenn es ihr aber dann gelungen sei, habe sie sich stets deprimiert oder gar schuldig gefühlt, weil die Kakerlake ihr doch nicht ernsthaft etwas getan habe. Was eigentlich der Nutzen einer Kakerlake sei, jedes Lebewesen habe doch einen Sinn auf der Erde.

Das musste ich ehrlich gesagt erst einmal recherchieren. Darüber hatte ich mir noch nie Gedanken gemacht. Bisher hatte ich mich ganz oberflächlich einfach nur geekelt vor diesen Viechern.

Bei JESMOND *Die Welt der Kakerlaken* findet man in der Tat etwas Gutes über sie:

Für Vögel und Reptilien sind Kakerlaken gehaltvolles Futter, aber auch der Kot der Insekten ist nützlich, nämlich als Düngemittel.

In China gelten sie gar nicht als Plage. Die allesfressenden Kakerlaken werden als Abfall-Vernichter genutzt und sollen so künftig helfen, das steigende Müllproblem zu lösen. Sie sind in der Lage, tonnenweise Küchenabfälle zu vertilgen. So gemästet dienen sie als proteinreiches Futter für Hühner, Schweine und andere Tiere. Und als wäre das nicht genug, kann man in chinesischen Apotheken Medizin kaufen, die aus Kakerlaken hergestellt wird. In China glaubt man nämlich, dass die Insekten gegen Leberkrankheiten, Hepatitis und Krebs helfen.

Wer möchte, kann die Insekten natürlich selbst auch gerne als kleinen Protein-Snack zwischendurch genießen. In Öl frittiert sollen sie besonders schmackhaft sein.

Persönlich erinnere ich mich besonders an drei Begegnungen mit der Kakerlake im eigentlichen

und übertragenen Sinn. Jedes Mal hat es mir
Schauer über den Rücken gejagt. War es das pure
Entsetzen.

Das erste Mal begegnete ich dem Tier 1976 in
einem Caritas-Workcamp im Inland von Kenia.
Wir, eine Gruppe von Studenten aus
Deutschland, bauten zusammen mit kenianischer
Dorfbevölkerung eine neue Schule für ihr Dorf. Es
war während der Sommerferien, die alte baufällige
Schule stand leer und diente uns als Schlafstätte.
Während man dort lag und schwitzte und
versuchte einzuschlafen, hörte man es rascheln
im zerfransten Strohdach über uns. Sobald
jemand eine Taschenlampe anknipste, vielleicht,
um auf die Latrine zu gehen, vor der Türe in den
endlosen klaren Sternenhimmel zu schauen oder
etwas Luft zu schnappen, sah man, wie
Kakerlaken im Lichtschein eilig
auseinanderstoben. Die Mäuse, die es auch gab,
haben mir seltsamerweise nichts ausgemacht,
aber die Kakerlaken fand ich unglaublich eklig.
Schon bei der ersten erschlagenen hatte ich
gesehen, wie weiße Masse aus ihrem Inneren
quoll, als ich sie erschlug. Ich hatte Angst, mich
in meinem Schlafsack zu bewegen, weil ich
dachte, ich würde mit meinem Körper welche
zerquetschen. Ich hatte Angst, dass sie in meinen
Schlafsack kommen und zog ihn mir soweit wie
möglich über den Kopf. Halb erstickt und in
Schweiß gebadet bin ich eingeschlafen in diesen

Tagen. Dazu kam, dass wir fast kein Wasser hatten uns zu waschen. Nach einer Woche hatten sowohl ich als auch fast alle anderen Studenten aus Deutschland Fieber. Es war wohl einfach zu viel für uns. Wir wurden für ein Wochenende ins Basislager an die Küste gebracht. Nachdem ich dort endlich wieder hatte duschen können, war das Fieber weg.

Das zweite Mal traf ich 1989 in Liberia in einer Stadt namens Bong Mine auf die Biester. Wir, meine Eltern, mein Sohn und ich, besuchten meinen Partner Adams, der dort für das Hamburger Tropeninstitut arbeitete. Für die Zeit unseres Besuchs bekam er ein größeres, bislang unbewohntes Haus zur Verfügung gestellt, das wir bei unserer Ankunft gleich bezogen. Es war schwül und heiß. Nach dem ersten Abendessen ging ich ins kleine Bad neben dem Esszimmer, in dem vorher wohl noch niemand gewesen war, und wollte mir die Hände waschen. Ich drehte den Wasserhahn auf. Müde hielt ich meine Hände unter den Hahn. Da passierte es! Vor dem im Rohr aufsteigenden Wasser flüchteten Hunderte von Kakerlaken und rannten über mich hinweg, um sich in irgendwelchen Ritzen zu verstecken. Ich schrie wie wahnsinnig, schlug um mich und lief zurück ins Esszimmer, wo mich die anderen erschrocken anschauten.

Das dritte Mal war es in Ruanda, 20 Jahre nach dem Völkermord, da überkam mich ein bodenloses Grauen, eins ohne Schreie und ohne Sprache. Ich hörte dort zwei Jahrzehnte nach den eigentlichen Ereignissen, dass der Ausdruck „Kakerlake" 1994 und schon früher zur Vorbereitung des Völkermordes von der Hutu-Bevölkerung als Bezeichnung der Tutsi-Bevölkerung verwendet wurde. Die Hutu wollten damit erreichen, dass man die Tutsi nicht als Menschen ansah, sondern als ekelerregendes Ungeziefer. Es gelang ihnen. Schätzungsweise eine Million Tutsi wurden grausam ermordet, meist mit einer Machete erschlagen, oft sogar von ihren Hutu-Nachbarn.

Einige haben mich gefragt, warum ich für die heutige Lesung dieses Tier gewählt habe. Ich denke, weil es den nachhaltigsten – hier nicht im positiven Sinne zu verstehen – Eindruck bei mir hinterlassen hat. Manchmal habe ich mir vorgestellt, wie schon die Dinosaurier versucht haben, die Kakerlaken abzuschütteln oder zu zertreten und ihnen das nicht gelungen ist, weil sie zu schnell waren. Aber das ist natürlich Unsinn, weil sie sie wohl mit ihrer dicken Haut gar nicht bemerkt haben.

Ich hoffe, Sie können jetzt einmal tief durchatmen, schütteln den Ekel von sich ab und hören nun eine erbaulichere Geschichte!

Schaukeln
Deutschland, 2023

Seit meiner Ankunft im Sylter Klappholttal hatte ich die Schaukeln im Blick.

Als ich eines Tages in der Pause Sophia aus meinem Kurs schaukeln sah, mit glücklicher Miene, kräftig Schwung holend und mich herausfordernd anschauend, blieb ich stehen. Erinnerungen stiegen in mir auf. Mein Vater hatte, als mein Bruder und ich noch klein waren, im Garten eine Schaukel und ein Turngerüst in Form eines Hexagons für uns gebaut. Aus Metallrohren. Er hatte sie zusammengeschweißt oder gelötet oder einen Nachbarn gefragt, das für ihn zu tun. Dann hatte er alles bunt angestrichen, in rot, gelb, blau und grün. Gestreift. Ich habe noch den Geruch des Lackes in der Nase und ich weiß noch, wie ungeduldig ich war, ich wollte, dass er schnell trocknete, damit ich schaukeln und turnen konnte. Als es endlich so weit war, schaukelte ich bis in den Himmel und machte unzählige Überschläge an der Turnstange.

Auch bekamen wir oft Besuch von den Kindern aus der Straße, die unseren Spielplatz im Garten zu schätzen wussten.

Mein Sohn David schaukelte und turnte 30 Jahre später mit den Nachbarskindern der nächsten

Generation. Mein Vater strich alles noch einmal frisch an für ihn und seine Freunde.

Das alles fiel mir wieder ein, als ich Sophia betrachtete, die sich begeistert immer höher hinaufschwang. Dann kam Antje dazu und setzte sich unerschrocken auf die zweite Schaukel. Und strahlte!

Langsam wurde ich unruhig. Ich musste es auch versuchen. Als ich das vor Jahren einmal getan hatte, war mir übel geworden. Aber das musste ja nicht heißen, dass das wieder passieren würde ...

Als beide heruntersprangen, setzte ich mich auf eine der beiden Schaukeln und begann, Schwung zu nehmen. Der Wind fegte durch meine Haare, kühlte mein Gesicht, die Schaukel schwang höher und höher und ich fühlte mich einfach nur glücklich! Ich verspürte kein bisschen Übelkeit!

Als ich nach einer ganzen Weile absteigen musste, um in die Schreibstube zurückzugehen, wurde mir auch nicht schwindelig. Beschwingt und mit ein bisschen Bedauern, nicht weiter schaukeln zu können, ging ich hinein.

Vielleicht könnte ich auch andere Dinge aus Kindertagen noch einmal versuchen! Spontan fällt mir Frösche züchten ein! Das mache ich im nächsten Frühling. Ich werde mir Froscheier aus einem Bach holen!

Der Mietwagen
Italien, 2023

Ich war schon fast eingeschlafen, da ging die Tür
zu meinem Schlafzimmer in unserer
Ferienwohnung auf. Ich erschrak und setzte mich
ruckartig auf.
Kein Dieb. Inga stand im Türrahmen, ihre langen
Haare wirr um den Kopf, in einem orangefarbenen
wallenden Nachthemd.
Inga, was ist los? fragte ich sie mit schläfriger
Stimme und schaute sie vorwurfsvoll an.
*Ich hab's, man muss nur die Vorhaut
hochschieben!* erwiderte sie mit einer für die
Tageszeit ziemlich begeistert klingenden Stimme.
Sie riss die Augen auf, nahm die Arme nach vorn
und bewegte sie mit zusammengelegten Händen
energisch nach oben.
Siehst du, so!
Häh? Hast du geträumt? Bist du wach? fragte ich
verständnislos.
*Der Rückwärtsgang! Ich weiß es jetzt! Man muss
die Hülle um den Kupplungsknüppel wie eine
Vorhaut nach oben schieben.*
Nun wurde auch ich wach.
Was für eine weise Einsicht! So konnte es gehen!
Wir hatten uns für den Urlaub an der Amalfi-
Küste ein Auto geliehen, einen Opel Mokka. Und
waren in Salerno in gutem Glauben, Auto sei
Auto, wir würden schon damit fertig werden,

einfach losgefahren. Guter Dinge, es war ein hübsches rotes Auto.

Als wir uns dem Kern der Amalfi-Küste näherten, wurde es immer voller. Es wurde so voll und die Straßen so eng, dass ich bald schweißgebadet war. Nie würde ich unfallfrei aus diesem Chaos herauskommen. Voll konzentriert kurvte ich mit Engelsgeduld um jede Ecke.

In Amalfi wären wir gern ausgestiegen. Wir sahen uns nach einem Parkplatz um, sahen aber nichts dergleichen, nicht mal ein perfekter Parklückenfahrer hätte auch nur das kleinste Plätzchen gefunden.

Dann meinte Inga, sie müsse aufs Klo. Ich riet ihr, einfach auszusteigen und eine Toilette zu suchen, in 10 Minuten sei ich etwa fünfzig Meter weiter und sie könne wieder einsteigen.

So fuhren wir bis zum Mittagessen, das wir irgendwann im Hinterland einnahmen, da, wo man sein Auto noch parken konnte.

Endlich! Das Essen war nicht einmal schlecht. Doch war es kalt und nass auf der Terrasse des Restaurants, und das im Mai! Wir suchten uns Stühle, wo es nicht durch das Dach tropfte und aßen hungrig unser Mahl in der Kälte.

Das Problem begann, als ich rückwärts aus der Parklücke fahren wollte. Der Rückwärtsgang ging nicht rein. Zuerst versuchte ich es allein. Nichts! Dann half Inga vom Beifahrersitz aus. Mit gemeinsamer Anstrengung zerrten wir an der

Kupplung – nichts. Wir lehnten uns zurück, atmeten durch, versuchten es erneut. Nichts. Wir könnten doch nicht jedes Mal, wenn wir rückwärtsfahren müssten, das Auto schieben! Was sollten wir bloß tun? Inga stieg schließlich um auf den Fahrersitz, versuchte es wieder und auf einmal war der Rückwärtsgang drin! Aber warum plötzlich? Sie wusste es auch nicht.

Wir fuhren zu unserer Ferienwohnung nach Scala, diskutierend, ob wir zu SIXT zurückfahren sollten, um zu fragen, oder noch besser, um noch ein kleineres Auto für die engen Straßen zu mieten oder am allerbesten, das Auto ganz zurückzugeben. Letzteres dachte ich nur für mich allein ...

Beim Abendessen in unserer Ferienwohnung redeten wir weiter über das Problem, ohne zu einem Ergebnis zu kommen.

Bis ... bis Inga nachts an meine Tür klopfte.

Am nächsten Morgen versuchten wir, ihre nächtliche Erleuchtung in die Tat umzusetzen ... und siehe da, es funktionierte! Wir fielen uns vor lauter Freude um den Hals. Und fuhren los. Jetzt gab es nur noch Verkehrschaos, die Vorhaut hatten wir im Griff!

Der Nabel der Welt
Deutschland, 2023

Ich bin eine "Hängengebliebene". So nennt man
solche wie mich wohl ... Nicht klassisch hängen
geblieben wegen eines Jobs in der Stadt, in der
man studiert hat oder wegen eines Ehemanns,
der dort ansässig ist. Aber eben doch hängen
geblieben.
1975 bin ich aus dem Sauerland zum Studium
nach Marburg gekommen. Ich war auf Anhieb
verliebt in diese Stadt: die Pizzeria Santa Lucia in
der Deutschhausstraße, wo ich die erste Pizza
meines Lebens aß, die Oberstadt mit den
Fachwerkhäusern und den kleinen Geschäften,
das Schloss oben auf dem Berg, die im Tal ruhig
dahinfließende Lahn, das Afrikanistik-Institut im
Turm E der Philosophischen Fakultät, mein
Zimmer Nr. 13 im Studentenwohnheim Dr. Carl-
Duisberg-Haus, nur ein paar Schritte vom
Schloss entfernt zwischen zwei Parks gelegen, mit
Blick über die ganze Stadt. Marburg erschien mir
wie ein einziges Idyll.
Von dort konnte ich mich in alle Welt bewegen.
Wie ein Jo-Jo-Ball kehrte ich immer wieder
dorthin zurück.
In der ersten Zeit, wenn meine Eltern mich
manchmal mit dem Auto zurückbrachten, rief
meine Mutter bei der Einfahrt in Marburg stets

*Das Schloss steht noch! Die Welt ist noch in
Ordnung!*

Bis heute denke ich an ihren Ausruf, sobald ich
das Schloss erblicke.

Ich unternahm etliche Versuche, wegzuziehen.
Damit meine ich nicht, ins Ausland und zurück.
Nein, das zählte nicht. Dabei war immer gleich
vorgesehen, nach Marburg zurückzukommen.
Heimaturlaub oder Heimreise nannte man das.
Innerhalb Deutschlands meine ich. Eine andere
Stadt zu meiner endgültigen Heimat zu erklären.

Mit meinem Partner zog ich nach Hamburg, unser
Sohn wurde dort geboren. Im Tor zur Welt, die
Bezeichnung gefiel mir.

Als wir uns trennten, ging ich nach Marburg
zurück. Hamburg ist eine schöne Stadt, aber ich
war hochschwanger und danach mit Kinderwagen
durch die U-Bahnschächte unterwegs gewesen.
Von den interessanten Seiten Hamburgs hatte ich
nichts mitbekommen.

Schließlich kaufte ich mir sogar eine Wohnung in
Marburg. Wo sonst in Deutschland hätte ich mich
niederlassen sollen? In die Stadt meiner Kindheit
wollte ich nicht zurück.

Dabei änderte sich mein Blick auf Marburg
ständig.

Fünf Jahre lebte ich in Kairo. Wenn ich von dort
nach Marburg kam, war ich völlig zwiegespalten.
Einerseits genoss ich die Beschaulichkeit, die
frische Luft und das Grün. Tief einatmend ging

ich mit einer Freundin, Beate, die in Peking lebte, durch den Wald.

Andererseits erschien es mir wie ein Dorf mit einer einzigen Straße. Was sollte ich dort tun? Ich wollte weg aus diesem Dorf Marburg und begann, nach Berlin zu reisen, Freunde dort zu besuchen und mir vorzustellen, dorthin zu ziehen. Nach Charlottenburg wollte ich. Mit Kairoer Augen war Berlin eine attraktive und überschaubare Stadt.

Doch dann ging ich beruflich nach Ruanda, in die Hauptstadt Kigali, in den Bergen gelegen, an deren Rand ich zwischen am Morgen muhenden Kühen und abendlichen Froschkonzerten wohnte. Als ich im Urlaub von Kigali nach Berlin fuhr, fand ich die Stadt riesig. Alles war weit weg, allein die Wege durch die U- und S-Bahnstationen waren endlos lang und hässlich.

So begann ich meine Aufmerksamkeit auf Frankfurt zu richten. Nicht so weit von Marburg entfernt, nicht zu groß, und viele Kollegen wohnten dort. Als ich schließlich ein Jahr in Eschborn, in der Nähe von Frankfurt arbeitete, wohnte ich provisorisch zur Untermiete in der Wohnung einer sich im Ausland befindenden Kollegin, und wollte mich von dort aus auf die Suche nach einer passenden Bleibe machen.

Ich mochte Frankfurt, das bunte Gallusviertel, in dem ich wohnte. Es bot mir ein Stück Ausland im Inland, mit den vielen Sprachen in der

Straßenbahn, denen ich lauschte, um sie zuzuordnen. Es tröstete mich über die abwesende Ferne hinweg. Allerdings gefiel mir meine Arbeit dort nicht, sodass meine Bemühungen, eine Wohnung in Frankfurt zu finden, immer zaghafter wurden.

Schließlich ging ich wieder ins Ausland.

Und von dort wieder nach Marburg.

Das Schloss wich nicht von der Stelle.

Marburg hat gewonnen. Gegen Hamburg, Berlin, Frankfurt und andere flüchtige Flirts.

Meine Liebe zu Marburg ist keine romantische mehr, mein Blick auf die Stadt ist abgekühlt, ich sehe die Stadtautobahn, ich spüre das Studentenmilieu, zu dem ich schon lange nicht mehr gehöre. Und dennoch ... So viel in meinem Leben ist in Marburg passiert.

Alle meine Lieben waren einmal hier, zu Besuch, für längere Zeit, für Jahre, immer wieder.

Marburg ist für mich der Nabel der Welt geworden.

Aber die Sehnsucht nach dem Anderswo ist nie verschwunden. Das Hadern ist geblieben.

Manchmal denke ich jetzt sogar an ein Altersheim in Bonn, zwischen Rhein und Altstadt, wo die Menschen eine rheinische Frohnatur haben sollen...

Vielleicht brauche ich ja nur das Gefühl, dass es immer noch die Möglichkeit gäbe, woandershin zu ziehen.

Aufs Angenehmste
Marokko, 2023

Inga und ich waren wieder einmal gemeinsam im Urlaub. In Marokko.

Wie immer war es friedlich und harmonisch mit ihr. Sie ist eine der wenigen Personen, mit der ich reisen kann, ohne mich über irgendetwas an ihr aufzuregen. Sie wirkt schlichtweg beruhigend auf mich. Ob sie meckert oder was trinken will oder sich sofort setzen möchte, in mir ist Frieden. Alles ist gut. Kein böser Gedanke streift auch nur meine Seele.

Sie hätte Schlichterin werden sollen. Ohne dass sie auch nur etwas gesagt hätte, hätten sich Streithähne binnen zehn Minuten zu besten Freunden entwickelt. – Oder ging es nur mir so mit ihr? Das muss ich sie nächstes Mal fragen. Die Reise verlief also gut.

Nur in Fes waren wir in einem wirklich unfreundlichen Hotel. Von ein paar Jungs „geführt", die anscheinend in unserem Frühstücksraum übernachteten, sich vor unseren Augen umzogen, sich langlegten und Inga ein Zimmer mit einem Fenster in den von ihnen als Schlafzimmer genutzten Frühstücksraum gaben. Und so weiter und so fort. Ich möchte nicht mit all ihren Frechheiten langweilen. Jedenfalls brachten sie Inga und mich in eine Stimmung, die uns dazu verleitete, am Abend nach einem Gläschen Wein zur Entspannung zu suchen. Wir gingen also nach einer längeren Mittagspause, in der die Temperatur auf fast 40 Grad stieg, in die obere Medina in der Hoffnung, ein Restaurant mit Alkoholausschank zu finden, was in Marokko nicht so häufig der Fall zu sein schien.

Als wir so durch die Gassen schlenderten, an vielen kleinen Straßenrestaurants vorbei, in denen Gäste vor Wasser, Tee und Tajine saßen, fast hoffnungslos nach unserem Gläschen Trost Ausschau haltend, da rief uns ein Kellner leise von der Seite zu *We have beer and wine!*

Inga, hast du das gehört?

Ja, aber das kann ja wohl nicht sein, hier in aller Öffentlichkeit! meinte sie und sah mich erschöpft an.

Wir gingen weiter. Tische mit Wasser, Tee und Cola säumten unser Bummeln. Es war immer noch heiß. Bestimmt über 30 Grad.

Warum sollen sie Bier und Wein anbieten, wenn sie das nicht haben? fragte ich Inga halbherzig.

Wenn du meinst …. Gehen wir doch einfach zurück und fragen nach! kam es mit letzter Kraft von Inga.

Wir drehten inmitten all der abendlichen Flaneure auf dem Absatz um und mühten uns schwitzend wieder den Berg hoch. Es war einfach, das

Restaurant wiederzufinden, wir erinnerten uns an einen ausnehmend hageren Kellner.

Da war er auch schon. Er schaute uns an, als würde auch er uns wieder erkennen. An seiner Schläfe klebte ein großes Pflaster, darunter war eine Beule. Appetitanregend sah er nicht aus. *We have beer and wine!* wiederholte er und wedelte mit einer plastifizierten quietschgelben Speisekarte.

Really? Inga wollte es bestätigt haben, bevor sie sich niederließ, obwohl ihr sicher nach Hinsetzen war.

Yes, we have! rief der Hagere unbeirrt und zeigte auf einen Tisch in der zweiten Reihe direkt vor einem Schaukasten mit Kühlung.

Wir ließen uns auf die Stühle plumpsen und sahen dann mehrere Tische, auf denen Wassergläser voll mit weißer, hellrosa oder roter Flüssigkeit standen. Manchmal mit einer Serviette drumgewickelt. Aber nur manchmal.

Sobald wir saßen, fragte uns der Hagere, was wir trinken wollten. Inga nahm einen Rosé und ich einen Weißwein, nachdem ich mir hatte bestätigen lassen, dass er eiskalt sei.

Der Wein kam sofort, wir stießen hocherfreut auf unser Wohl und das von Marokko an und nahmen einen großen Schluck. *Ah, welch eine Errungenschaft der Kultur!* meinte Inga. Ich gab ihr uneingeschränkt recht. Wir stießen noch einmal auf das Wohl der verstorbenen Römer an, die den Weinanbau vorangetrieben hatten. Bei uns und sicher auch hier.

Dann wählten wir in Ruhe aus, Inga wollte das ganze Menü, ich nahm die Lammkoteletts mit Pommes und Salat.

Wir bekamen dann beide das ganze Menü, zusätzlich eine wunderbare Linsensuppe als Gruß aus der Küche und am Ende eine Melone, eiskalt, in Scheibchen geschnitten und noch zusätzlich süßes Mandelgebäck und gezuckerten Minztee. Dazu tranken wir jede drei Gläser Wein, die uns alle Unbilden des Klimas und Unfreundlichkeiten des Hotelpersonals vergessen ließen.

Nach dem zweiten Gläschen Wein fragte uns der Hagere, ob wir noch eine Weile bleiben wollten. Der Chef würde jetzt zum Gebet in die Moschee gehen und erst nach 20 Minuten wiederkommen. In der Zwischenzeit könnten wir nicht bezahlen. Wir sagten, wir würden bleiben.

Da sahen wir den Chef, einen älteren Herrn mit rotem Fußball-T-Shirt und mit einer dicken „Rosine" (Hornhaut auf der Stirn vom vielen Berühren des Bodens beim Beten) am schütteren Haaransatz, der, uns freundlich zuzwinkernd, hinter dem Hageren vorbei zur Moschee ging, derweil wir das dritte Glas Wein zur wunderbar eisigen Melone bestellten.

Wir lobten einvernehmlich die Toleranz der Muslime, von der sich manch andere doch wahrlich noch ein Stück abschneiden könnten, zogen glücklich von dannen, nachdem wir beim vom Beten zurückgekehrten Chef bezahlt hatten, und kamen noch zweimal wieder zum Abendessen zurück zu diesem zuvorkommenden Platze. Dann war der Rosé ausgegangen.

Da haben wir den Chef unter den Tisch getrunken, meinte Inga kichernd.

Am nächsten Tag reisten wir nach Marrakesch zurück.

Während ich in Marburg auf meiner Terrasse einen Rotwein trinke

Deutschland, 2023

Während ich in Marburg auf meiner Terrasse
einen Rotwein trinke,

- basteln meine Nachbarn gegenüber an
  ihrem neu erworbenen Wohnmobil,
- macht Elisabeth eine Therapie, um die
  Gespenster ihrer Jugend zu vertreiben,
- schläft Hideo in Tokio auf seinem Futon,
- serviert Helga ihrer behinderten Tochter
  das Abendessen,
- fährt mein Sohn trotz Knieverletzung in
  Berlin zum Basketballtraining,
- klappt Hiroko in Burkina Faso müde ihren
  Laptop zu,
- ärgert sich Gustavo in Brasilien über seine
  amerikanischen Geldgeber,
- verbrennt ein Flüchtling aus dem Niger in
  Griechenland im Wald,
- sitzt Loana mit ihrem Sohn in Rabat auf
  dem Balkon,
- rennt mein Bruder hinter seinem kleinen
  Sohn her,
- schlendert Sabine mit ihrem Enkel durch
  den Garten,
- radelt Beate in Berlin von der Uni zum
  vietnamesischen Restaurant,
- steht mein Nashornvogel aus dem Senegal
  stoisch in meiner Wohnung,

- schläft Klaus im Schwarzwald vor
  Erschöpfung nach dem Abendessen ein,
- sitzt Salamatou mit ihren amputierten
  Beinen in Niamey im Rollstuhl,
- ist Adams seit Langem tot,
- gibt Smiljka in Belgrad ihrem Neffen ihr
  letztes Geld,
- lachen die Nachbarn links laut in der
  Abendluft,
- arbeitet Martina wie jeden Tag zu lange,
- fädelt Inga in Nürnberg für heute ihre
  letzten Perlen auf,
- denkt Marie in Kamerun an ihre Eltern in
  Haiti,
- ist meine Mutter seit Langem tot,
- hat meine Mieterin aus Jordanien Angst
  vor ihrem Leben in Deutschland,
- macht sich Ruth Sorgen um ihre Tochter
  in Berlin,
- ist Pascal in Benin in sein Dorf Aplahoue
  zu einer Beerdigung gefahren,
- löst sich mein Vater in seinem Grab auf,
- stehen meine Bücher mit all ihren
  Inhalten in Reih und Glied,
- kann Waltraud in Bremen nach langer
  Behandlung wieder essen.

Alles, während ich einen Schluck aus meinem
Glas nehme. Es ist noch warm draußen.
August für mich in Deutschland. August für alle
und für jeden allein.

Die Autorin

Marion Fischer, geboren 1956 in Neheim-Hüsten, jetzt Arnsberg, liebt seit ihrer Kindheit das Lesen und das Reisen.

1975 ging sie zum Studium der Afrikanistik und Geographie nach Marburg.

Schon während ihres Studiums reiste sie u. a. nach Japan und nahm an mehreren Freiwilligeneinsätzen in Afrika teil.

Nach Beendigung ihres Magister-Studiums erhielt sie ein Stipendium des DAAD für einen Forschungsaufenthalt in Burkina Faso, der den Ausschlag dafür gab, im Anschluss in der Entwicklungszusammenarbeit tätig zu werden.

Sie lebte in verschiedenen Ländern Afrikas, in Brasilien, Deutschland und Ägypten.

Seit 2018 ist sie, unterbrochen von Reisen und Freiwilligeneinsätzen, wieder in Marburg ansässig.